メディアワークス文庫

Missing3
首くくりの物語〈上〉

甲田学人

目　次

いつだったかの事。

「そう言えばさ、この学校に『七不思議』って、あるのかね？」

その日、ふと亜紀《あき》が、そんな疑問をぽつりと漏らした。

学校附属の図書館。現代文の授業で課された作文の資料にする本を、いつもの皆で探しに来た時の事だった。

文芸部員の名に懸けて作文で半端な点数は取るまいという話になり、目的のカテゴリの本棚が並ぶ辺りでめいめい役立ちそうな本を探していた時だ。その最中、背表紙の並びの中に『学校の怪談』に関する本を見付け、不意にそんな疑問に囚《とら》われた亜紀は、本棚の前で口元に指を当てて呟《つぶや》いたのだった。

その呟きはさして大きな声では無かったが、静かな図書館の、近い棚をほぼ無言で捜索していた皆の耳に届いた。全員が「うん？」という雰囲気になって、亜紀を見た。

「うちの学校って『何か居そうな雰囲気』だけなら凄《すご》いし、実際、たまに学校に怪談っぽい噂《うわさ》が出たりするのを稜子《りょうこ》が聞き込んで来たりするじゃない？」

亜紀は言う。

「だったら『七不思議』なんかもあるのかね、と思って。学校の怪談には付き物だし。恭《きょう》の字はそういう怪談話とか興味あるんでしょ？　知ってる？」

「いや、知らんな」

水を向けられた、皆の中でただひとり本棚から視線を外さずにいた空目《うつめ》は、本探しを続けたまま、それでも話は聞いていたようで、声だけでそう答えを返した。

「知らないんだ？　あんたの専門分野では、一番身近な題材なのに」

「俺の知識は文献に偏る。本ばかりで人付き合いをしないのが原因で、『今』と『実地』の情報に弱い事は認める」

淡々と空目。

「興味が無い訳では無い。だが、それを目的に人付き合いをするのは効率が悪い。稀《まれ》に見付かる砂金を目当てに砂漠の砂をさらい続けような効率だと言わざるを得ない。人付き合いが好きで常態にしているような人間が、偶然に情報が引っかかるのを待っているというなら話は別だが、俺はそうでは無い。周囲の人間がしている日常会話の大半に全く興味が無いし、全くの無駄だと考えている。そんな事をしている間に読みたい本はいくらでもあるし、考えたい事はいくらでもある」

「私も人のこと言えない人間だけど、羨ましいレベルの割り切りだね……」

空目の答えに、呆《あき》れたように言う亜紀。俊也《としや》が当然だと言わんばかりに鼻を鳴らす。特に意見する訳では無いが、空目に同意なのだと思われる。

「全く……」

軽く溜息《ためいき》。そして亜紀は、今度は話を稜子と武巳《たけみ》の方に振った。

「じゃあ、稜子は聞いた事ある？　あとついでに、近藤《こんどう》も」

「ついでって何だよ……」

不満げに口を尖《とが》らせて武巳。

「物を知ってそうには思えないけど、一応、って意味」

「そんなハッキリとした具体的な説明は求めてなかった……」

顔を覆う武巳。仕方が無いので「じゃあ知ってるの？」と改めて訊《き》いたが、「知らない」と答えが返って来た。話にならない。

「うん、話になんない」

「うう……」

思うだけで無く口にもした。本棚に手をやって傷付く武巳。

そんな武巳の背中を、苦笑いで「まあまあ」と慰めている稜子に、亜紀は再度訊いた。

「で、稜子は？」

「うーん……私も『七不思議』は聞いたこと無いかなあ……」

武巳の背中をぽんぽんと叩《たた》きながら、稜子は記憶を辿《たど》るように首を傾《かし》げて、答えた。

「そ。稜子が知らないなら多分ないんだろうね」

友達の多い稜子が言うならと亜紀がそう納得し、「この信用度の違いは何……」と落ち込む武巳に、稜子は困ったように笑った後、不意に良《よ》い事を思い付いたという表情になって、胸の前で両手を合わせた。

「そうだ、訊いてみればいいんじゃないかな？」

そして笑顔で言う。

「誰によ？」

「先生」

「そういうの詳しそうな先生って居る？　て言うか、そういうこと気軽に訊けそうな仲のいい先生も居ないでしょ、私ら」

稜子のアイデアに、懐疑的に亜紀。この高校は完全単位制で、一応のクラス分けはされていて担任も居るのだが、行事の時の引率役以上の存在では無い。よって関わりの深い先生というのが非常にできにくい傾向があった。

進路についても専用の相談室があって、担任とは話し合わない。強いて言うなら必修科目の教科担任かクラブ活動の顧問の先生が最も関わりが深いが、亜紀は特に仲良くはしていないし文芸部の顧問は部を放任気味にしている。

それらを踏まえての亜紀の言葉だったが、稜子はあっけらかんと言った。

「居るよー。丁度いいから、訊いて来ようよ、こっちこっち」

そして皆を手招きすると、図書館の入口の方に向かって軽やかに歩き出し、そのまま外に出るのかと思いきや、図書館カウンターに向かって行って、その中に声をかけた。

「先生ー、ちょっといいですか？」

その呼びかけに、たまに話をするくらいには接点のある司書のおじさん先生が、眼鏡越しの目を上げるのを見て、ああ、と亜紀は思わず納得した。図書館に入り浸る〝真面目な〟文芸部員である亜紀達にとって、一番接点のある先生と言えば、確かに図書館の先生だった。咄嗟《とっさ》には思い付かなかった。

「うん？　何かな？」

「あの、ちょっと訊きたいんですけど、この学校って『七不思議』ってあるんですか？」

「んん？」

稜子にそう訊《たず》ねられて、先生は首を捻《ひね》る。

そして答えた。

「……ああ、『七不思議』ね。確か昔はあったけど、そう言えば今は聞かないねえ」

「！」

その答えに、稜子は亜紀達を振り返って、「やったね」と言わんばかりの笑顔を向けて、小さくガッツポーズした。

確かにこの司書の先生は、そこらの先生よりも長くこの学校に居ると聞いた記憶がある。武巳が音を立てずに拍手し、空目と俊也が割と感心した様子をする。亜紀は表情を作った。選んだ表情は、呆れ。

「あったんですね」

「昔はね」

そんな亜紀達が見守っている中で、稜子がさらに突っ込んで質問し、司書の先生がそれに答えた。

「今は聞かないなあ。もう『七不思議』なんて、時代遅れなのかな」

「そうなんですか？」

「今も怪談自体は時々あるけど、『七不思議』は聞いたこと無いからねえ」

「昔の『七不思議』って、どんなのだったんです？」

「うーん……？　ちょっと待ってね。思い出してみるから」

持ち前の社交性でぐいぐいと押し込む稜子に、司書の先生は胸ポケットから出したボールペンをカチカチとノックして、カウンターから卓上メモを引き寄せた。

「そうだねえ、まず――――」

『女の子の幽霊』
東館の辺りに女の子の幽霊が出る。
見た人もたくさんいる。
その辺りにはむかし、お墓があったと聞いた事がある。

『トイレの鏡』
この学校のトイレの鏡は位置が高い。
低い位置に付けると子供の姿が映ってしまうからだと言われている。
その証拠にトイレ以外にも、この学校には足元まで映る鏡は一つも設置されてない。

『桜の木』
この学校に桜が多いのは、建てる時に大量の人骨が出て来て、その供養のためらしい。
昔、この辺りでは山に生贄《いけにえ》として子供を捧《ささ》げていたそうだ。
昔の人は、学校のある山には恐れて誰も入らなかったそうだ。
そのおかげで土地が安かったので、この学校の敷地《しきち》はとても広い。

『古い焼却炉』
本館裏の古い焼却炉には鎖と錠がかけられている。
これは過去に悪戯《いたずら》で生徒が焼き殺された事があり、それで閉鎖されたという噂だ。
今でもその子が焼け死んだ日の、その時間になると、何故《なぜ》か煙突から煙が出る。

『首吊《くびつ》りの木』
大学か高校の敷地内のどこかに、人が首を吊《つ》った木がある。
その木には怨念が宿っていて、知らずにその木に触ると一年以内に首を吊って死ぬ。

『欠番』
この学校の七不思議の、七番目の物語は欠番になっている。
代々の理事長だけが知っていて、生徒が知ると殺されてしまう。

「────と、こんな感じだったかな」

司書の先生はひとしきり呟いたりしながらボールペンで書き付けると、書き終えたメモを卓上ホルダーから破り取って、稜子に差し出した。

「わあ、ありがとうございます！」

輝くような笑顔でお礼を言って受け取る稜子。そのまま振り返って差し出して来るそのメモを、一同で興味深く覗《のぞ》き込《こ》む。

「ほー、結構独特だね」

亜紀のそんな感想に、空目も頷《うなず》いて言う。

「予想したよりも、定番の有名な怪談が無いな。興味深い」

「だねえ」

稜子と武巳も、指を差しながら話している。

「うーん、うちの学校のトイレの鏡って、そんなのだったかなあ？」

「女子トイレは知らないけど、男子トイレは鏡ないよ」

「え、ほんと⁉」

そんな会話をしている。取り敢えず亜紀の覚えている限りでは、困るほど鏡の位置が高いという事は無かったと思う。

「なあ」

そうしていると、内容には興味が無さそうにしていた俊也が、ぼそりと口を挟んだ。

「一個、足りなくねえか？」

「え」

言われて一同は、何枚かあるメモを皆で手分けして持って広げる。

武巳が数えて言う。

「ひー、ふー、みー……あれ、マジだ。六つしかない」

「先生」

稜子がカウンターの向こうにもう一度声をかけると、司書の先生は眼鏡の位置を直して椅子から立ち上がり、自分の書いたメモを見る。

「え？　あー……ほんとだね、気が付かなかった」

そして首を捻る。

「もう一つ、分かりますか？」

「うーん……もう一個、何だったかな……」

司書の先生は稜子に訊ねられて、しばらく考える。

だがそうやってしばらくした後、頭を掻《か》いて、大きく息を吐いた。

そして困ったように謝罪して、言った。

「……いや困ったな。思い出せないや。ごめんね」

図書館の本にまつわる三つの約束事。

一、図書館にある『持出禁止』の本は、できるだけ読んではいけない。
それには呪われた本が混じっている。

二、著者の死後に書かれた本。これは決して読んではいけない。
死の世界へと引き込まれてしまう。

三、本を読んでいる途中に寒気がしたら、決して振り返ってはいけない。
その時、あなたの後ろには死者が立っている。

――――某高校の七不思議より

昔話には『三人兄弟』のモチーフがある。

多く伝えられるものは『山梨とり』で、病気の母親のために三人兄弟が山へ梨を取りに行く話である。長男と次男は老婆や自然の声に耳を傾けなかったため命を落とし、三男はこれらの忠告に従って無事に実を持ち帰る。同種の話に『蛇女退治』などの退治物があり、どれも末弟が成功する事から「末子成功譚《たん》」というカテゴリーで括《くく》られている。

〈中略〉

不思議な事に「末子成功譚」は同様のモチーフが世界中の様々な文化圏に存在している。例えば全くと言って良いほど同種のストーリーを持った「退治」型の昔話がミクロネシアに存在すると言えば不思議な印象を持たれるのではあるまいか。

何故なのだろうか、世界中の古伝承で末子は愛されている。『古事記』の海幸彦《うみさちひこ》・山幸彦《やまさちひこ》において、弟の山幸彦が海神の娘と結ばれるのは注目に値する。『聖書』のカインとアベルは引くまでもない。「末子」は何故か、古来より神に愛されているのだ。

――大迫栄一郎《おおさこえいいちろう》『昔話と童話考』

序章　首吊りの木の種を植えた日

…………………

――ぎい、

小さな軋《きし》みを立てて、一人の老人が首を吊っていた。

大きな枝に紐《ひも》をかけ、その老人は、自らの重みの全てを、首にきつく巻き付く紐へと預けていた。

どんよりと曇った学校の敷地。

その外れの古木の下で、老人は死んでいる。

着込まれた重厚なスーツは、老紳士と呼ぶに相応《ふさわ》しい物だ。だがその表情は目を見開き、それでいて左目だけをひどく顰《しか》めた、奇怪極まる表情をして――――死んで、居る。

不自然に首が伸びている。

確実に首の骨が折れている。

だが首を吊った事も、死んでいる事も明らかなのに、足元には踏み台となる物が何一つ存在しなかった。それは一切の過程を無視して、この首吊り死体が最初から独立して存在しているかのような、そんな印象を見る者に抱かせた。

ただ静かに、老人は揺れていた。

孤独に、孤高に、老人は、死んでいる。


「――〝魔道士〟小《お》崎《ざき》摩《ま》津《つ》方《かた》ともあろう者が、何という様かね」


突如、声が語りかけた。

そして言葉と共に生まれたように、いつの間にか一人の男が、そこに立っていた。

低く、昏《くら》く、深い声。そしてその暗鬱な声が凝集したかのような、溶けるように暗い、夜色《ヨルイロ》の外套《マント》。

闇色の長髪。

古い丸眼鏡。

病的に白い貌の、その口元を三日月に歪《ゆが》めて。『彼』はひどく楽しそうに、老人の死体を見上げながら嗤《ワラ》っていた。

「……つまり、貴方《あなた》とは違って、私は人間《ヒト》として順当な変化を迎えていると、そういう事ですな。〝夜闇の魔王〟神野《じんの》陰之《かげゆき》よ」

老人が答えた。

虚《うつ》ろな瞳を『彼』へと向けて、死体は言葉を口にした。

「そしてこれこそが、今の私と貴方の間の絶対的な違いでもある。『闇』に〝名〟を売り渡した貴方がとうに失ってしまった、人間としての価値ですな」

それは確かに老人の発した声だったが、その土気色の唇も、半開きの口も、ぴくりとも動いてはいなかった。言葉も極めて明確。それは、縄によって縊《くび》られた喉や、その内の潰された声帯から発されたものでは、断じて無い。

「……確かにその通り。それこそが『私』という〝存在〟に欠落している、最も大きな物である事は間違い無いね」

その言葉に、『彼』は答える。

そして死した老人へと、逆に問いかけた。

「『変化』『願望』『幻想』、全ては人間のみが持ち得る価値…………だが、君ではなかったかね？　それらの価値を否定したのは。『変化』の究極にして終局、この世において最も尊い事象の一つである、『死』を憎んだのは。いかなる魔術師よりも熱狂的に——この『私』を、目指したのは」

「その通りだとも！」

老人は答えた。枯れていた、その語気が強くなる。

「死と共に人が消滅するなら、その存在に何の意味がある？　私の肉体が活動を停止し、私という人間の意志が消えれば、私の記憶も、私の遺《のこ》した物も、私の墓石でさえも、いずれは朽ちて無くなるのだぞ？　今はまだこうして働いている私の主観が消えれば、私という人間は存在の証明もできなくなる。私は、消失してしまう。ならば人の生とは何だ？　そんな私の生とは何だ？　私は消滅したくない！　『死』を憎んで何が悪い！」

血を、呪いを、あるいは毒を吐き出すような、老人の台詞《せりふ》。それをただ『彼』は、静かに聞いている。

「死とは消失だ。死後の世界など存在しない。消えゆくものに意味があるなど、そんなものは感傷に過ぎん。死から逃れられぬ、人間という存在の感傷だ。死ねば人は消える。その事実に耐えられぬから、人は感傷で『死』を覆うしか無い。人は人である限り、決して『死』からは逃れられない。私の行ってきた事は、全て『死』に抵抗するためのものだった。思索、執筆、結婚、魔術。私にとっては何もかもが『死』を無意味にするための行為だった。名誉、著作、財産、子孫。何かを世界に遺せるなら、私は死を受け入れられると思っていた……！」

　老人は叫ぶ。

「馬鹿な！　とんでもない欺瞞《ぎまん》だった！　〝私〟の居ない世界に、一体何の意味があるというのだ？　〝私〟だ！　この〝私〟が居なければ、全ては無だ！　〝私〟という意識がこの世から消えてしまう、そんな恐怖が受け入れられると思うか⁉」

　叫ぶ。『彼』は黙して、答えない。

「『意志』に、『願望』に、価値があるのだと、貴方は言う」

「……」

「だがそんなもの、人にとっては単なる『動機』に過ぎない。人にとって――少なくとも私にとっては、『動機』など『結果』に比べれば如何程《いかほど》の意味も価値も無い。結果の無い動機は無意味だ！　無だ！　なぜそう思うか？　何故なら『結果』の無い『動機』は消えてしまうからだ！　仮に残る経験すらも、死後には消えてしまう。そして、そこまでして辛《かろ》うじて遺した『結果』すらも、時の中で消えてしまう。耐え難《がた》い事に、人は必ず失われる。忌まわしい事に、人の何もかもが、必ずいずれ失われる……！」

　低く、しかし熱っぽく、老人は語る。

「そして――私は気付いているのだ。貴方が『結果』などには、大した意味など無いと考えている事に」

「……」

「なるほど貴方は『結果』そのものであり、『過程』の具現だ。貴方は究極の『結果』と体になった結果、『動機』も『終焉《しゅうえん》』も失われた、永久の『過程』と成り果てた。終わり無さは永遠の呪いなれど、それこそが人間の持つ究極の願望だ。不滅である事は、それだけで意味がある！

我々は互いに持っていないものに価値を見ている。互いの持ち物が眩《まぶ》しく見えている。貴方は失ってしまった『動機』を、私は無意味な動機でも、消えゆく結果でも無い、終わる事の無い『過程』を。永遠に、永遠に続く『過程』が、私は欲しい。つまり——それを望んでいる私は、未《いま》だにただの人間に過ぎないという訳ですな？」

くくく、と老人は笑った。それは哄笑《こうしょう》に近い、自虐の笑いだった。

死する存在、つまり人間すべてを唾棄する、狂的な嗤い。死に行く存在、すなわち自分の価値をも根こそぎ否定する、老人の瘴気《しょうき》じみた言葉。

それを、『彼』は嗤った。

嗤って、『彼』は言った。

「……『死』が無意味であるならば、その『生』もまた無意味であると思うがね」

その言葉を老人は鼻先で笑い飛ばす。

「それは持てる存在《モノ》の理屈ですな」

「そうかね」

「貴方は永遠など、無と同じだと言う。永遠とは、何も持たないに等しいと。なるほど、しかしそれでも〝人間〟には、それがあまりにも大きなお菓子に見えるのですな。何かを極めるには、人間の一生など全然足りないのですから。志半ばで倒れるくらいならば、ただ一つの意志に縛られたまま永遠を歩む方がいい。今や貴方には、この狂おしい願いは理解できまい」

肯定も否定も、『彼』はしない。ただ興味深そうに、目を細める。

そして言った。

「……その『結果』が、これなのだね」

「その通り。今より私は、永遠の『過程』の世界に踏み込む……！」

老人の死体が、誇らしげに告げる。

「すでに『種』は蒔《ま》かれている。貴方とは違う、私なりのやり方で。いずれ、私は蘇《よみがえ》る。それまで私は、この私が区切り、作り上げた、この〝この世ならざる世界〟で首を吊り続ける。再び私という果実が実るまで。そして、それを収穫する者が現れるまで。それまで私は、この枝へとくくられていよう。それこそが私の望みへと繋《つな》がるのだから。それこそが私の『願望《のぞみ》』なのだから！」

ぎしり、と死体の口元が引《ひ》き攣《つ》るように歪む。虚ろな口が、微《かす》かな笑みを形作る。

「私は〝記録者〟にして〝学究者〟也《なり》。私の望みは世界の終わりまで在り続け、世界の終わりまでを知る事。私は遙《はる》かな高み、天を支える聖なる大樹の頂にて首を吊り、そこから世界を見下ろす。神の永遠へと、この身を吊《つ》り上《あ》げる」

老人は高らかに謳《うた》い上げる。

「永遠の『過程』こそ学問の本質。それ以外の望みは、もはや要らぬ。古き、忌まわしき禁断の魔道書より、私はその手段を手に入れた。私ならばきっと貴方よりも上手《うま》くやれる。限りなく人のまま、人として最後の願いを残したまま、私は永遠の存在に成れよう。その身を魔術と化すのではなく、魔術を道具とする人のまま……！」

それは『彼』に対する優越の宣言ともいえる台詞だったが、対する『彼』の答えは短いものだった。

「皮肉な姿だがね」

そう言って、ただ『彼』は老人の死体を眺めやった。

死を憎みつつ、同時に永遠に首を吊り続けるであろう老人の姿を、ただ『彼』はそう言って見上げる。

「確かに」

認めて老人は言う。

「だが……貴方好みの話ですな？」

言って、くく、と暗鬱に笑う。

くつくつと、『彼』も笑った。

「確かにね……」

それは互いに暗鬱なばかりで、肯定も否定も、そして互いを揶揄《やゆ》する調子すらも含まれてはいなかった。それは例えるなら暗くて深い沼の底。滾々《こんこん》と湧き出す水のような、ただただ空虚で無意味なもの、単なる〝嗤い〟そのものだった。

不意に老人は嗤いを収め、言った。

「…………よもや、邪魔などしますまいな」

「まさか！　この『私』が、かね？　本気で言っているのなら、君は今まで魔道について何も学ばなかった事になるぞ？」

答え、『彼』は夜色《ヨルイロ》の外套《マント》を打ち鳴らした。外套より伸ばされた白い右手が、老人へと向けられる。

「『私』は〝叶《かな》えるもの〟にして〝名づけられし暗黒〟。人間《ヒト》の『願望《のぞみ》』に惹《ひ》かれ寄る、漆黒にして万能の蛾《が》。君がそうと望まぬ限り、『私』はいかなる干渉もしない。誰かがそうと望まぬ限り、『私』はいかなる干渉もできない」

彼は言う。

「……『私』は人間に対してあまりにも万能であり、無力だ」

「そうでしょうな。所詮、貴方は『闇』という〝方向性〟ですからな」

老人は応える。

「そして方向性には〝力〟がある。方向があれば〝流れ〟があり、流れとは力そのもの。〝流れ〟は意志など持たず、ただ向かうのみ。その向かう先に干渉する力こそが人の意志」

「……」

「つまり――〝私〟の意思」

呪文のように、老人は謳う。

周囲の陰が強くなり、『彼』の輪郭が陰に滲《にじ》む。『彼』は嗤った。

「いずれにせよ、少なくとも君の〝物語〟は、ここで終了だね」

「そういう事になりますな」

淡々と、老人は答える。

「私はすでに『魔』の領域に踏み込んだ。貴方の言い方をするなら、私自身の〝物語〟を紡ぐ資格を失った……」

「その通り」

「確かに今の私は、誰かの〝物語〟に組み込まれるのを待つばかりの存在となった。だが、私は未《いま》だ『願望』を失ってはいない。いずれ、私は誰かの〝物語〟を支配する。私は、そうして蘇る……」

「好きにするがいい」

「間違っていますかな？　私のやり方は」

老人は言う。

「いや、この世に間違った事など存在しないよ」

そう、『彼』は答える。

「それでは、この世には何があるのですかな？」

「君の求める種類のものは、この世界には何も無い。ただ……」

「ただ？」

「世界には『願望』の強さと弱さがある。だが間違ってはいけないのは、それは勝者と敗者ですらない、そういうものだよ」


…………


しばし、薄暗い沈黙がこの場を満たした。

やがて大勢の足音が、遠くから聞こえて来た。

首吊り死体の報を受け、幾人もの警官がやって来る。

ひゅう、と一陣の風が吹き、木を、枝葉を、そして老人の死体を、微かに揺らす。

そして――――慌しく警官が到着した時、そこにあったはずの『彼』の姿は、風に持ち去られたように消《き》え失《う》せていた。

――ぎい、

と紐を軋ませ、木の枝に死体が揺れていた。
右目を見開き、左目を顰めた奇怪な表情で、老人は死んでいる。
不自然に首が伸び、首の骨が折れている事が判《わか》る。
老人の口元は微かに開かれ、笑っている。
どんよりと曇った、空の下。

誰も、つい今しがたそこであった出来事を、見た者は居なかった。

一章　悪夢の書

1

ここしばらく、快晴が続いていた。

夏の盛りの空気が、ここ羽間《はざま》市に満ちていた。

目に見えるほどの陽光が街には降り注ぎ、今日も古い洋風の町並みと、そこに住む人々を無差別に炙《あぶ》り続けている。そろそろ七月も末。一歩建物から出れば、むっと熱風が吹き付けて来る毎日が続く。

タオル必須。日焼け止め必須。

季節は腹が立つほど盛りで、外はオーブンのよう。

正午を過ぎても火力は弱まらず、それどころか、まだ予熱が終わったばかりだ。光が、空気が、熱い。そんな普段通りの、夏のある日。

*

「…………んー？」


その日、待ち合わせの喫茶店で、日下部《くさかべ》稜子は一人で小首を傾げていた。

「なんだろ？　これ……」

呟いた。テーブルの上には、六冊の本が広げられている。

そのうちの一冊を、稜子は手に取る。

不思議そうに、首を捻る。

その本は、背表紙に分類票が貼られている。

図書館の本だ。他の五冊も、それは同じ。

そう、それは間違いないのだが――――稜子はひたすら首を捻っていた。ここに来る前、稜子は確かに学校図書館で本を借りたのだが、待ち合わせまでの時間に改めて見てみると、その中に一冊、覚えの無い本が混じっていたのだ。

借りた覚えの無い本だった。

何の本だか知らないが、稜子の借りた本のテーマから外れている事は間違い無かった。

その日に稜子が借りたのは、文芸部の会誌に載せる小説の資料にする本だ。ハードカバーと文庫本。だが混じっていたその本は、見るからに薄っぺらく、古典の翻訳か歌集、そうでなければ地元か個人が作った郷土史研究本の類に見える物だった。

文芸部では、毎年十月の文化祭に会誌を作る。

名前は『輝石《きせき》』。

唯一その時期にしか作らないので、外から目に見えて分かる文芸部の活動は、ほぼそれだけと言っていい。ただ事実上、部の一年間の活動の集大成的な本になるため、熱心な部員はいくつもの作品を載せ、毎年結構な厚さの冊子になり、さらに無料配布である事も相まって、結構なインパクトがある。

逆に言えばそれだけで売っているとも言えるが、文芸部の存在感は、事実として『輝石』ひとつで支えられていた。

「文芸部なんてあった？」

「ほら、あの分厚い本の」

文芸部の一般的なイメージはこんな感じになる。

これがあるから文芸部の存在は何とか生徒に記憶されていると、少なくとも部では認識されている。だからこそ、最低一つの作品を発表する事は部員の義務になっている。締め切りは九月の最初なので、夏休みを挟んでもうすぐだ。

もちろん稜子も、それに向けて小説を一本書くつもりだ。

内容はホラー小説。皆は意外に思うが、稜子は割とホラー好きだ。

人一倍怖がりだが、それでも好き。いや、だからこそ好きなのだと稜子は思っている。怖くも無いのにホラー好きな人なんて本当に居るのだろうかとさえ思っている。

感情を揺さぶられるから小説は面白いのだ。

恋愛小説だって一緒だ。

恋愛を詰まらないと思っている人にとっては、きっと恋愛小説は詰まらない。同じように怖がらない人がホラーを読んでも、ちっとも楽しくないに違いないと思うのだ。

入部した時から、稜子はホラーを書いていた。

去年は吸血鬼小説だった。

評価はイマイチで、ちっとも怖くないと言われた。筆力不足もさることながら、少々耽美《たんび》になり過ぎた気もする。

とりあえず過ぎた事は忘れて、今度は幽霊小説にするつもりだ。資料も幽霊関係を揃《そろ》えて、準備は万端。日本の怪談説話集に、ヨーロッパの幽霊伝説集。伝えられている怪談のルーツを歴史的事実から調べた本。イギリスの有名な幽霊屋敷《やしき》、ボーリー牧師館の本も。後は二笑亭《にしょうてい》という精神病者が建てた奇妙な家の本だが、これは幽霊とは関係なかった。だが何となく面白そうで、つい借りた。

それに関係は後からできるかも知れない。

組み合わせて幽霊屋敷という事にしてみるのも面白いかも知れない。

夢は広がるが、しかし実際にこれらの資料を生かせるのかと言われると、正直稜子には自信は無かった。稜子は知識はともかく応用力が低い。自覚はしているのだが、どうにも知識を踏まえてストーリーを考えるのが苦手なのだ。

稜子の創作活動に当たっての一番の悩みの種がこれだ。元ネタを踏まえて書くと、書き進めるうちに元ネタが枷《かせ》になって支離滅裂になり、整合性がとれなくなったり、バランスの悪い作品になる。

稜子の作品で褒められるのは、人物の心理描写だけだ。

褒められて嬉《うれ》しくない事はないが、そこは別に努力も工夫もしていない部分なので、少々不満でもある。

『――――あんたは結構本読んでるのに、どうして少しも身になんないかな』

そう亜紀などは稜子に言うが、それは稜子の方が聞きたかった。

稜子にとっては人間の感情を推し量る方が、理屈を組み立てるより何倍も簡単だった。

今回も資料は生かせないかもしれない。それでも人生は挑戦だ。まあ、ともかく……そんな訳で今回も色々と借りて来たのだが、そんな借りて来た五冊の本の中に、ひっそりとその本は紛れ込んでいたのだった。


『奈良梨取考《ならなしとりこう》』


そう題された冊子は百ページに満たないもので、その割には良い装丁がされていた。白い、薄くて滑らかな革のような材質が張られていて、表紙には墨痕鮮やかに、筆文字で題名が書かれていた。

これで六冊。図書館で一度に借りられる本は五冊までだ。だからどこかで紛れ込んだ物には間違い無い。そう言えば借りた時に、貸し出しカウンターで、司書のおじさんが傍《はた》に積んでいた本を崩し、慌てて拾い集めたというささやかな事故があった。

多分だが、その時に紛れ込んだに違い無い。

というか、それしか心当たりが無かった。

「あちゃー……返して来なきゃ……」

稜子は呟く。その時の司書のおじさんの、人の良い慌てた顔が思い出される。そうしながら稜子は、手にしたその本を何気なく捲《めく》った。それは本当に何気ない動作だったが、そこにあったものは、思わず稜子の目を引いた。

――――『禁帯出』

表紙の裏には、そう青黒いインクのスタンプが捺《お》してあった。

稜子の顔が微かに曇る。それは別に稜子が感じる必要は無いのだが、持ち出し禁止の本を持ち出してしまったという罪悪感だった。と言うよりも。その持出禁止印には、見る者にそんな不安感を抱かせる、なんとも言えない不気味な印象があったのだ。縦長方形の印は中央に『禁帯出』と文字が記され、上下両端の余りの部分に複雑な文様が描かれている。文字を上下から挟む形で二つの四角があり、その中に唐草模様に似た、絡み合う線で構成された模様が描き込まれている。

恐らくモチーフは〝絡み合うロープ〟。

そう見える。だが最初にそれが目に入った時、何となく蛇を連想してしまい、そうでないと分かった今も、稜子は何だか不吉な感覚を抱いていた。

滲んで掠《かす》れたその印が、何とも言えず気味が悪い。

複雑な模様が、蠢《うごめ》くように視覚に絡む。

「……」

気付いた時には思わず、その模様を注視していた。

複雑な模様に、視線が吸い込まれていた。

「………」

絡み合う線に、目が回る。

「…………」

紐だか蛇だかが動き出し、ずるずると動的に絡み合い始める。

――ずるずる、ずるずる、

眩暈《めまい》がする。

――ずるずる、ずるずるずるずるずる……

「……！」

ぱたん！と慌てて本を閉じた。

まただ。感受性過多というか、稜子は普段から時々こういう事があるのだった。

模様とか、そういった物に惑わされ易い。渦巻きなど見ているとクラクラしてくる。
多分、催眠術などにも掛かり易いのではないかと思っている。
「……」
稜子は頭を振って、模様を頭から追い出した。
気分は、それで落ち着いた。
それでも何となく、嫌な印象だけは胸の中に残った。
それは特に理由の無い、ただ不吉な感じのする〝わだかまり〟だった。
後から考えると、それは〝予感〟だったのかも知れない。
だが、その時の稜子には。
これから起こる事は、知る由も無かった。

…………

……………………

2

ドアのベルが涼しげな音を立て、店のドアが開いて、髪の長い女性が入って来た。

女性はアンティーク調の喫茶店の中を見回して、待っていた稜子と目が合うと、柔らかな微笑を浮かべて、小さく手を振った。

「……久し振り」

そう言ってやって来る女性を、稜子は、テーブル上に並べた本を慌てて端っこへと押しやりながら迎えた。

「ほんとに久し振りだねえ、お姉ちゃん」

そう言って笑顔を返す。

今日の稜子の待ち合わせの相手。姉の霞織《かおり》と会うのは、本当に久し振りだ。


……それは突然の話だった。

東京で働いていた霞織が会社を辞めて、実家に帰る事になった。

急な話に稜子は驚いたが、

「その前に会おうよ」

という話になって、羽間駅前の喫茶店で待ち合わせる事になった。帰るついでに羽間に立ち寄り、稜子と会って行こうと思ったらしい。

土曜日だというので、元より稜子に異論のある筈が無い。

そんな訳で、姉妹は約一年ぶりに、顔を合わせる事になった。

「……ごめんね、勉強中だった？」

「ううん、大丈夫。部活のやつだから」

本の積まれたテーブルで姉と向かい合い、稜子は久々に身内と会う感覚を味わっていた。

稜子は寮生なので、帰省するまで家族と顔を合わせる事は無い。だから帰省して家族と会う時には、寮に入る前には感じた事の無い感覚を、家族の姿に感じてしまう。

あまりに近しいので、〝懐かしい〟のとは違う。

だが長く離れていた、〝違和感〟に近い奇妙な感覚。

その感覚が、稜子は嫌いでは無かった。明らかに他の人とは違う、絆《きずな》のようなものを、違和感の中に感じるからだ。

「……ただの時間潰しのつもりだったから、大丈夫」

稜子は言う。

「そう、良かった」

姉は笑った。

久し振りに見る姉は、相変わらずの姉だった。見た目は十人並みで、特別目を引く容姿という訳では無い。ただそれにも拘《かかわ》らず、以前会った時よりも、明らかに綺麗《きれい》になっているような気がした。何故かと思って見れば、服装やお化粧、立ち居振る舞いといったものが以前よりも洗練されていた。

それは社会人の匂いであり、姉が社会の一員として働いていた事をはっきり感じさせる変化だった。一年という時間を、実感させられた。色々話す事はある気がした。だが何を話せばいいのか、お互いに少しだけ迷った。

「――――ずいぶん急な話だったね」

アイスティーをストローでかき混ぜながら、しばらくして稜子はそう口にした。

「うん……」

霞織は自分の手元を見ながら、頷いて答えた。

「……色々あってね、結局、辞める事になったの」

「うん」

「そうしたら、お父さんもお母さんも『帰って来い』、って」

「うん……」

霞織は始終うつむき加減の女性で、滅多に強い物言いをしない人だ。だがそれは穏やかさの発露であって、こう見えても意志が強く、怒らせると怖い。

今回の件でも相当揉《も》めたらしかった。

きっと相当、両親との間に長い話し合いがあったのに違い無かった。

「……まあ…………長女だしねえ」

しみじみと稜子は言う。

「一応ね」

霞織はちょっと寂しそうに微笑《ほほえ》む。

「うん……」

頷きながら、思わず稜子は目を逸《そ》らしていた。稜子はその姉の微笑を見ると、いつも複雑な気分になるのだ。

稜子にとって姉の霞織という人は、〝頼れる存在〟であると同時に、〝頼る事が後ろめたい存在〟だ。霞織は優しくて芯の強い人だが、どうにもその人生において薄幸な人なのだ。

霞織の進路には、何故だか次々と問題が持ち上がる。元々病気がちであり、また不運を呼び込む性質でもあり、一度など父の職が失われかけ、進学が危なくなった事もある。

今回会社を辞めるのも、全く関係の無い会社自体のトラブルが原因らしい。

いつもそうだ。霞織の人生はそんな事ばかり。

だが、そんな状態にありながらも霞織は優しく、いつでも稜子を支えてくれる。だから稜子としては嬉しく、かつ姉に対して後ろめたい気持ちが抜けない。自分だけ必要以上に恵まれているという思いが強く、姉の薄幸そうな微笑みを見るたびに思い出す。普段は忘れている気持ちだが、それは根深く稜子の中にある。

「……仕事、続けたかった？」

稜子は訊ねる。

「ううん………それより、どう？　学校は」

霞織は逆に訊き返す。

これなのだ。

自分の愚痴など言わず、霞織はそう言うのだ。

必ず他人の方を気遣う。だから稜子は、姉を強い人だと思う。

「うん。もう慣れたし、楽しいよ」

稜子は笑って答えた。

「そう、良かった。前に聞いた時はちょっと不安そうだったから、少しだけ心配だったの」

霞織は言う。

そうだっけ？　と稜子は首を傾げ、思い出す。

「……あー、よく憶《おぼ》えてるね。でもそれって一年近く前だよ、お姉ちゃん」

呆れる稜子に、霞織は意外そうな顔をする。

「そうだっけ？」

「うん。わたしが前に帰ったのは春休みで、その時お姉ちゃんは仕事が忙しくて帰らなかったでしょ？　その前は夏休みで、最後に会ったのはその時じゃない。やっぱり一年近いよ。今年の夏休み、もうすぐだよ？」

「そっか……もう一年振りになるんだ……」

言われて、霞織は改めて気付いた様子だった。

「……そっか、一年も経《た》てば慣れるよね。確かに私も最初は戸惑ったけど、二年の頃には慣れてたもんね……」

そう言う霞織も、実は稜子と同じ聖創《せいそう》学院大付属高校に通っていた。稜子が聖学付属を受験したのは姉の影響が強い。霞織から話を聞いて、稜子はこの完全単位制の学校に興味を持ったのだ。

そして稜子がここに入学した時、霞織はすでに短大を卒業している。霞織にとっては、今日やって来た羽間市は随分懐かしい風景に違い無い。稜子との会話で、自分が高校二年生だった時の事を思い出しているのだろう。霞織の表情は、どこか感慨深げだった。

「ね？　新しい学校なんかすぐに慣れるでしょう？」

霞織は言った。

「それに稜子はいい子だから、普通にしてれば皆から好かれる筈だよ。お姉ちゃん、その辺は安心してるの。昔からそうだもの」

「や、やめてよ、お姉ちゃん……」

突然そんな事を言い出す霞織に、稜子は顔を赤くする。

高校生にもなって『いい子』なんて、そんな褒められ方は照れ臭い。だが霞織は、そんな稜子を見ながらくすくす笑っていた。

それが何とも微笑ましげな笑いなので、稜子は少し膨れて見せた。あまり子供扱いはされたくは無い。こそばゆい気分になる。不満げな稜子の様子に、霞織は「ごめんね」と言っていたが、それでもすぐに笑いが止まる事は無かった。年の離れた姉には敵《かな》わない。

「もう……」

稜子としては溜息を吐くしか無かった。

霞織はそんな稜子を見ながら、とても楽しそうだ。

「そっか、一年、か……」

「うん」

「色々あった?」

霞織は微笑みを浮かべながら、そう尋ねた。

「う……？　うん……」

稜子は答えようとして、引っかかる。

「……あ、うん………色々あった、よ……」

思わず言葉を濁した。

それ自体は別に奇妙な問いかけでは無かったが、考えてみれば本当に色々な事があったのを稜子は思い出してしまったのだ。それも、自分でも信じられないくらい異常な事ばかり。だから口籠ってしまった。『神隠し』に『呪い』。きっと今まであった事を、そのまま霞織に話しても、信じてはくれないだろうし、ひどく心配されるだろう。

「うん、色々………ね」

稜子は言った。

「……？」

稜子の反応に、霞織は不審そうな顔をした。

だが、すぐに霞織は別の結論を導き出したらしい。霞織はじっと稜子の顔を見ながら、何事か考えた。その上で、霞織は不意に稜子に向かって言ったのだった。

「………ねえ、好きな子でもできた？」

「！」

露骨な動揺が顔に出たのが自分でも判った。完全な不意打ちだった。

「やっぱりそうだ」

霞織は心底楽しそうに笑う。

「どんな人？　小学校の高見《たかみ》君以来だっけ？」

「や、やめてよ！　そんな古い話は……」

想像もしていなかった展開に稜子は顔を紅潮させ、姉に向けた両手を激しく振る。それでも霞織は許してくれない。

「ね、何て名前の子？」

「……秘密」

「じゃあ、もう少し高見君の話をしようか」

「う…………近藤クン……です」

「近藤君かぁ……」

霞織は身を乗り出し、軽く頬杖《ほおづえ》をつく。完全にこの話題に本腰を入れる体勢だ。

稜子は慌てる。

「ね……ねえ、この話はやめよ？」

「だめ」

霞織は笑顔で一言の元に却下する。

「あうう……」

「ね、どんな子なの？」

「どんな子、って……」

こうなったらもう姉のペースだ。世にも嬉しそうに訊ねる霞織に、稜子は「何でこんな事になったんだろう」と思いながらも説明を始めるのだった。

と言っても、いざ話し始めてみるとあまり上手い説明が思い付か無い。近藤武巳という少年は、これといった特徴がある訳では無い。強いて言えば文科系だというくらい。他に特徴は思い付か無い。

「……だからさ、フツーの子だよ？」

そう説明する稜子に、霞織はなおも食い下がる。

「でも、好きなんでしょ？」

「…………うん」

渋々頷く。

「どんな所が？」

「どんな所、って言われても……」

「色々あるでしょ？」

「色々って、そんなこと言われても困るよ……好きなものは好きだもん。わたしは恋愛に理由とか考えるの嫌いだって、お姉ちゃんも知ってるでしょ？」

まくし立てた。恥ずかしさに耐えかね、稜子は口を尖らせる。

「そう言えばそうだったね……」

ごめんごめん、と霞織。だがまだ重要事項が残っていた。これの答えを聞くまでは、霞織は事を納める気などあるまい。一拍置き、稜子が少し落ち着いてから、霞織は案の定その質問を口にした。

「……で、もう稜子の気持ちは伝えたの？」

「………」

稜子は真っ赤になって俯《うつむ》き、答えた。

「……………………まだ」

霞織は不思議そうに首を傾げる。

「どうして？」

「べ、別にわたしだって全然何もしないで遠くから見てる訳じゃないよ？　ただ充分今でも仲はいいし、まだその関係壊したくないし——それに、それとなく伝えようと何度もしてるんだけど、全然気付いてくれないんだよ？　焦って変な風になる方が怖いよ」

稜子の偽らざる気持ちだった。タイミングを間違えて気まずくなるくらいなら、今のままの方がずっといい。

「その近藤君に、他に好きな子がいる訳じゃないんでしょ？」

霞織は目を細めて言う。

「………そんな事、判んないよ」

稜子は空のコップを見つめる。

「でも多分、武巳クンは友達関係の方が大事なんじゃないかと思う。そういう話してる時が、一番楽しそうだから……」

「なるほど」

にこにこと見つめる霞織に、ずっと下を向いている稜子。

すっかり最初とは挙動が逆転していた。だが、これが稜子と姉の本来のスタンスだ。霞織は稜子にとって、姉と言うよりも二人目の母親といった感がある。

「いるよねえ、そんな男の子」

霞織は言う。

「結局、まだ〝子供〟なんだよね」

「う、うん。そんな感じ」

大人の余裕が滲む言い方に、ちょっとドキリとしながら稜子は頷く。

しばし二人とも黙る。俯き、手元の本をいじり始める稜子を、霞織は本当に微笑ましそうに見ている。稜子としては拷問部屋に座っている気分だ。居《い》た堪《たま》れなさが火を噴きそうだ。すぐにでも立ち上がり、この場から飛び出して行きたい。

霞織は笑った。

「……いいよ。じゃあ今日はこの辺で許したげる」

「え？」

その言葉に、心の底からホッとする稜子。

だが顔を上げると、霞織が真っ赤になって笑いを堪《こら》えていた。

「あ……」

そこで稜子も気付く。

「ふふ、稜子はほんとに顔に出るよねえ……」

「…………」

あからさまに表情に出る稜子の様子に、霞織は心の底から楽しそうに笑い出した。稜子は何も言えず、憮然《ぶぜん》とした顔で、霞織を見詰めていた。

3

しばらく稜子と霞織が話し込み、当面の話題も話し尽くした頃。

「……ねえ、稜子」

「ん？　何？」

「さっきからずっと、気になってるんだけど……」

霞織がテーブルに積まれた本に目を留めたのは、かれこれ二時間ほど経った頃だった。

「それ、図書館の本だよね？」

訊ねる霞織に、

「うん。今日、借りて来たんだよ」

稜子は答える。


——やっぱりね。


ふふ、と稜子は心の中でほくそ笑んだ。

ここに来てから、ずっと霞織がこれらの本を気にしていた事に、稜子は気付いていた。

何せ同じ本好きの姉妹なので、そういう感覚は手に取るように判るのだ。稜子も霞織も読書好きで、見える所に本を置けば、話題になるのは火を見るより明らかだ。

これは話題にするため、稜子がわざわざ出しっぱなしにしておいた。

是非これらの本について、霞織と話しておきたかったのだ。

「どんな本を借りたの？」

霞織が訊ねる。

「これはねえ……」

稜子は自分の借りてきた本について、説明する。

これは『幽霊』の資料。

稜子の書く小説の、新しいテーマ。

だが、これを小説のテーマとして選びはしたが、ちゃんと書けるかは別問題だった。だから折角の機会なので、幽霊をテーマに霞織と話をしてみたいと思ったのだ。

さすがに年長の読書家の貫禄《かんろく》で、霞織は小説については一家言もっている。話をしてみれば何か面白い意見が聞けるかも知れない。だが霞織は割と怖がるという感覚が薄いらしく、かつて『四谷怪談《よつや》』を「恋愛物でしょう？」と言い切った信じられない前科の持ち主だった。確かにホラーのテーマに〝愛憎〟を持ち込む事は多いが、どうやら霞織には恐怖演出など些細《ささい》なものに見えるらしい。

その辺りは完全に理解不能の感性だが、小説で面白いのは人間の心理だという点で、二人は一致している。稜子も霞織も、小説は徹底的な感情移入で楽しむタイプなのだ。だから何だかんだと言っても根本の部分で話は合う。

「へえ、幽霊小説か……」

一通りの説明を聞きながら、霞織は本を捲っていた。

「……うん、確かに面白いよね、〝幽霊〟って」

霞織は言った。

そうでしょ？　と稜子。

「でしょ。いいよね、幽霊小説。〝怖い〟っていう感覚がわたしは好きで。怖がる内面を上手く書けてる小説は面白いと思って」

「なるほどね」

そう言う稜子に、霞織は頷いた。

「そうね、稜子はそういう面白さだと思った」

そして気になる言い方をする。

「？　お姉ちゃんは違うの？」

「うん。私はね、ちょっと違う」

霞織は言う。

「〝幽霊〟ってね、確かにお化けなんだけど〝人間〟なの。そこが面白いと思うのよ」

「……？」

「〝幽霊〟って死んでるか死んでないかの違いで、結局〝人間〟なのよね。私はそういう所が面白く感じるの。幽霊は死んでるけど、それでも元人間だから、人間の心理と背景を持ってるじゃない？　だから怪奇現象でも〝幽霊〟には感情移入できる。〝異次元の生き物〟とかだと難しいよね」

「…………」

まず驚いて、次に稜子は考え込んだ。考えた事もない発想だったからだ。

「……それ、凄い考え方だね」

「そう？」

霞織は不思議そうにしているが、稜子にとっては天地の引っくり返るような考え方だ。でも確かにその通りだとも思う。稜子も小説にしたが、元は人間の吸血鬼に感情移入できて、同じく元は人間の幽霊にできない理由は無い。でも思い付かなかった。どんな差があるというのだろう？

「うーん……〝実体〟、じゃないかな？」

その問いかけにも、霞織が答えた。

「実体が無いから、全然別の存在に感じるんじゃないかな？　そんな気がする」

「うん……」

稜子は思案顔。だがそんなものかも知れない。

今度から幽霊をそういう風に見てみようかな、と稜子は思った。霞織は笑い、ふとテーブルの端に目を向けた。

「……ところで、それは？」

「え？」

不意の問いかけに、稜子は瞬きした。

見れば霞織は一冊の本に手を伸ばしていた。

端に寄せられたままの、一冊の薄い冊子。それは図書館で紛れ込んだ、例の白っぽい革張りの冊子だ。

「ああ、それは……」

稜子は今日の出来事を霞織に話す。関係ないので、先程は説明しなかったのだ。

ふうん、と霞織は冊子を捲った。そしてすぐに、表紙裏に目を留める。

「……持ち出し禁止だね」

「そうなの」

「見た事ないスタンプだけど、変えたのかな？」

「さあ？　よく知らないけど……」

霞織は聖学付属の生徒だった頃に図書委員をやっていた。だから図書館の事に関しては稜子などより遙かに詳しい。

「…………お姉ちゃん？」

霞織はしばらく、黙ってその冊子を眺めていた。

しかし、やがてふと顔を上げると、

「……ねえ、この本、私が返してきちゃ駄目かな？」

突然、そんな事を言い出した。

「え？　なんで？」

稜子は驚く。

「うん、ほら、羽間も久しぶりだから先生達にも会って行こうかな、って……」

霞織は言う。

「司書のミナカタ先生とかも懐かしいし、実家に帰ったら、もうこんな機会は無くなっちゃうでしょ？　これが最後の機会だと思うから……」

「ああ……」

納得。だとしたら自分で返しに行く手間も無くなり、稜子としても願ったり叶ったりだ。

「……じゃあ、お願いしていい？」

「うん」

お互いに笑みを交わし、話は決まる。それじゃ、と二人とも立ち上がる。

「……お姉ちゃんは、このまま学校？」

「うん、そうするつもり」

「わたしは買い物して帰ろうと思うんだけど」

「じゃ、ここでお別れ……かな？」

そう言って微笑む霞織。うん、と稜子も頷く。

「それじゃね、稜子」

「うん。でもすぐ夏休みだから、帰省したら会えるよ」

「そうだね。楽しみにしてる」

「うん」

そして名残惜しそうにする稜子に、霞織は悪戯っぽく指を差して一言付け足した。

「帰ってきたら近藤君の事、お母さんと二人で問い詰めてあげるからね」

「…………あうう……」

霞織が笑い、稜子は飴玉《あめだま》を飲み込んだような表情をした。

こうして二人は、喫茶店を出る。

二人は駅前で別れ——

霞織はそのまま、その日のうちに学校の敷地内で首吊《くびつ》り自殺《じさつ》した。

遺書も、何も、そこには残されていなかった。

二章　黒衣の手

1

また、その日も晴れていた。
八月になり、数日経《すうじつた》った今日も、陽気は鬱陶しいほどに続いていた。
弱まる気配も見せない、太陽の光。屋根を、アスファルトを、天からの光線が焦がす。

「…………熱《あつ》……」

その強い日差しにぼやきながら、近藤武巳は羽間の街を歩いていた。
色々とあった学校もようやく夏休みに入り、学園都市である羽間の人口は、幾分か減っている時期だった。大規模校である附属高校の生徒の八割が寮生で、そのまた八割ほどが帰省してしまう。さらに大きな大学も同じだ。そのため学校中心に成り立っている部分のある、この街の様相は、急に寂しいものになる。

寮に残っているのは、残りの二割ほど。

武巳はその、二割だった。

だが二割が残っているだけでも、高校としては稀有《けう》かも知れない。聖学付属の寮では、夏休み最後の一週間だけは清掃のため制限を受けるが、それを除けば休み中に居残っていても特に咎《とが》められる事は無いのだった。

他の学校がどうかは知らないが、この聖学付属では、運動部や羽間に友達が居る者など、休み中に寮に残る者は結構多い。

武巳は後者が理由だった。

こっちの生活が楽しいので、帰省は最後の一週間で充分というグループ。

そして今日、そんな武巳は、夏休みの炎天下の中、羽間在住の友人である空目恭一の家へと、向かっていた。


「……えーと」


羽間の住宅地を歩きながら、武巳は周りを見回していた。

空目と出会ってから一年以上経つが、武巳は空目の家に行った事は一度も無かった。

今日が初めてで、住所と、アプリの地図を頼りに探しているところだ。と言っても住宅地には目印が少なく、道も入り組んでいて、今も本当に迷っていないかとヒヤヒヤしている。

この辺りは比較的昔からある住宅地で、古い家と新しい家が混在している。

だがあまり、普通の戸建てやアパート、マンションといった感じの家は無い。羽間はその立地から一部がベッドタウン化しているが、そういった新しい住人は、もっと郊外に家を建てて新しい住宅地を形成している。

この付近は市の景観保護条例の範囲内にあって、古くからある景観を壊すデザインの家は建てる事ができないからだ。つまり空目は昔から羽間に住んでいる家か、裕福な家の子供である可能性が高く、確かにそう言われてみればそんな感じだ。浮世離れした空目には、サラリーマンが何十年もローンを組んで買った、狭い一戸建ては似合わなかった。

「うーん……」

そんな事を考えながら、武巳は地図の場所へと行き着いた。

何度も周囲と地図を見比べて、場所が間違い無いかを確かめる。

そして多分、この場所で間違い無いと確信するに至って、武巳は思わず、玄関の前で呟いていた。

「ここ……だよなあ………？」

何度も確認したのに、また見上げて、見回す。

気後れした。武巳の前にあったのは、塀や庭こそ無いものの、接した隣の家が二つは入りそうな、立派な煉瓦《れんが》色の建物だったのだ。

結構新しい建物らしく、玄関の隣に、家と一体になったガレージがある。

玄関は青銅《ブロンズ》色の大きなドアで、ガレージも同じ色の格子で閉じられている。

武巳の住んでいる学校の寮も、外観は似たようなものだが、これで個人の家というのは正直実感が湧かなかった。その城塞を思わせる威容に、しばらく武巳は、インターフォンを押すのを忘れた。

「はあー……」

意味も無く溜息が出た。

ただ、武巳は無意味に玄関のドアを見詰め続けた。

＊

玄関に合わせた青銅色の、凝ったデザインのインターフォンを押して、武巳が恐る恐る訪《おとな》いを入れると、

『———入れ。開いてる』

と愛想の欠片《かけら》もない応対が返って来た。

相変わらずの空目に苦笑いし、武巳は二重になった玄関に入る。するとその先には一人の少女が待っていて、武巳はぎょっとした。

「…………あ……はい、えーと…………こちらです」

「……え？　あやめちゃん？」

臙脂《えんじ》色のケープを羽織った、長い髪の美しい少女。

その現実離れした少女が、洋館風の廊下に一人立って、来客を迎えている。

「あの……？」

驚く武巳に、あやめは困ったような表情をする。ただ案内に出て来たらしいが、あやめの姿は、この家の雰囲気に怖いくらい似合っていた。正直、見た瞬間に寒気がした。思わず武巳は口に出す。

「……びっくりした。来てたんだ」

「あ……はい」

何故か済まなそうに答えるあやめ。

いつもながらの態度だが、これには武巳の方が困ってしまう。

「いや、いいんだけど……」

「…………すいません」

消え入りそうな声。

「…………」

「…………」

武巳も言葉に困る。

この気弱な、いかにも儚《はかな》げな少女は実際のところ人間では無い。

かつて〝神隠し〟に攫《さら》われ、『異界』に取り込まれたこの少女は、自らも人間を『異界』に引き込む〝神隠し〟になってしまったのだという。

その末に空目と出逢《であ》い、空目によって再び〝人間〟の世界に引き戻されたが、今でも彼女は異常な能力を有している。ほとんどの〝力〟は失ってしまったというが、武巳のような一般人にとっては充分に人間離れした存在だ。

人間じゃない、とまでは思わないが、明らかに違う存在だとは感じざるを得ない。

いつだか同じ話になり、『あやめは人間なのか』と問いかけた時、それに答えた空目は逆に問いかけた。

『――――〝人間〟であるという事は、どういう事だと思う?』

武巳は答えられなかったが、空目の答えはこうだった。

『〝人間〟であるという事実は、誰かが〝定義〟しなければ存在しない。人間であるか否かなど、本当は〝どうでもいい事〟だ』

　空目はきっぱりと言い切った。

『それは、〝人間である〟という事実に特別な価値があると感じている、その者にとってのみ意味がある定義だ。近藤、お前は周りに居る人間を見ながら、常にこいつは本当に〝人間〟かなどというパラノイアックな事を考えているか？』

『…………い、いや、さすがに』

『あるいは人について見聞きして、こいつには〝人間〟である価値が無い、という判断を常にしているか？　そうで無いなら、それはお前にとって〝どうでもいい事〟だ。その場合、お前が覚えておくべき事は、この〝あやめ〟が今お前達の隣にいて会話を交わしている、ただその事実だけだ』

『……』

『後は、あやめが自分でどう考えるか、それだけだ』

　聞いていて意味は良く解《わか》らなかったが、武巳はそんなものかと思って、深く考えるのは止めにした。何よりも、そういう深刻な事は得手では無い。

　とにかく、そんなあやめの先導で、武巳は客間へと案内された。

　そこも洋館を強く意識した造りで、形ばかりのマントルピースが据えられていた。

　そして十人は座れる、車座のソファ。そこにはすでに皆が集まっていて、入ってきた武巳にそれぞれ目を向ける。

「……ごめん、少し遅れた」

武巳は部屋に入りながら言った。

「そう言えば五分ほど遅刻だね。どうでもいいけど」

木戸野《きどの》亜紀が時計を見て答えた。

「え、どうでもって……今日は優しくないか？　何で？」

「あんたね……別に時間厳守の集まりじゃないからね、誰も気にして無いよ」

とにかく武巳は胸を撫《な》で下《お》ろす。

「そっかー、良かった」

「あんたさ……」

その様子を見て、亜紀が眉を寄せて言う。

「気にするくらいなら初めから早く来ればいいと思うんだけど」

「うっ……」

たじろく武巳。

結局いつもと同じく辛辣な言葉を浴びる羽目になったが、正論なので反論できなかった。

朝っぱらからキツい。とは言えこうした今までと変わらない会話に、本当ならば安心するべきなのだろう。亜紀は最近、『呪いのＦＡＸ』というものに関わる事件に巻き込まれて、武巳だったら気がおかしくなっていたかも知れないと思うほどの、酷《ひど》い目に遭ったのだ。

にも拘《かかわ》らず、それから亜紀の様子には別段変わった様子は見えない。

不審なほどの落ち着きようで、クールさも健在だ。「無理してるんじゃなきゃいいけど」と稜子が少し前まで心配していたくらいだ。だが当人は見た感じどこ吹く風で、武巳も稜子ほどには心配していない。何しろ亜紀は武巳など及びもつかないくらいに強いのだ。自分より強い人間を心配するのは無駄というものだ。

大丈夫。

武巳はそういう点では、周囲の事を楽観していた。

それを裏付けるように、亜紀の言動は今日も澱《よど》みが無い。

「そんなに気になるなら、言い訳してみる？」

テーブルの上で指を組んで、厳しい上司といった風情で亜紀が言う。

「聞いてあげるよ？」

「いや……ここら辺は初めてだったからさ、地図を確かめるのに時間喰《く》ったんだよ……」

「聞く価値も無い言い訳だね」

とりあえず言ってみた言い訳を、一言で切って捨てられた。早速いじめられている。

「そんなあ……」

「……まあ、確かにこの辺は地図じゃ判り辛いかも知れねえな」

俊也が口を開いた。

「目印ねぇし、割と似たような建物ばっかりあるからな」

面倒くさそうに言って、ソファにもたれかかる。一八〇センチを超える長身の体軀《たいく》が沈み込んで、ソファが負荷で軋みを上げる。

村神《むらかみ》俊也は、先日まで右足を怪我《けが》していた。

と言っても医者に完治を告げられたのが先日というだけで、その前から俊也は完治同然に足を扱っていた。

『ブランクがありすぎて違和感がある』

そう言って普段から眉を顰めている。当然だろう。今まで骨折しているのに相当無茶な使い方をしていたのだ。タフという言葉は俊也のためにある気がする。俊也は武巳にとって、絶対に敵わないと思う人間の一人だ。

で――――


「……悪いな。予定より早くに呼びつけて」

絶対に敵わない人間の最高峰が、不意に抑揚の無い口調でそう告げた。

「急な話だった。済まん」

部屋に入って来た空目は、そう言ってソファに腰を下ろし、目を細める。

武巳達《たち》が渾名《あだな》するところの〝魔王陛下〟こと、空目恭一《きょういち》。

黒ずくめの服。

白皙《はくせき》の美貌に据えるには鋭すぎる目付きが、前髪の奥で光っている。

口元はいつも引き締められ、いかにも不機嫌そうに見えるが、これが空目の常態だ。

常に愛想など置き忘れた表情をして、笑った顔など見た事が無い。強烈な存在感で、周囲を圧倒している。

空目という人間は特殊な存在だ。

幼い頃〝神隠し〟に攫われた過去を持つ空目は、『異界』の匂いを嗅ぎ取れるという限定的な『霊感』とも言える特殊な能力を持っている。あやめと出逢ったのもこの能力ゆえにだが、そのために空目はかなりの危険な目にも遭っている。それでも空目は、何故か『異界』と関わるのを止めない。

一緒に〝神隠し〟に攫われ、還《かえ》って来なかった弟が理由だとも言われている。

しかし空目は、それについては何も語る事は無い。

淡々と、感情が無いかのように、空目はそこに存在している。

浮世離れした思想、そして雰囲気。この空目こそ、武巳にとって絶対に敵わない人間の、最たるものだ。これほど変わった人間は見た事が無い。だから武巳は、自他共に認める空目の大ファンだ。

「あ、いやさ、別に気にしてないよ」

空目の言葉に、武巳は答える。

これは事実で、確かに武巳は機嫌が良かった。

初めて空目の家に来て、武巳は少し浮かれていたのだ。武巳の機嫌良い答えに、亜紀の冷静な答えが続いた。

「ん、いいよ。ついでだしね」

「そうだな、ついでだしな……」

俊也も答える。

だが二人の言い方は、明らかに愉快そうなものではなかった。

本心は気乗りしていない様子が、ありありと分かる。これは空目に呼び出された事実では無く、呼び出された用件に原因があった。武巳は浮かれ気味の方が勝っているが、本当は武巳にとっても同じ事だ。

その用件と言うのが、いま言っているついでだった。

本来ここに集まった理由は、稜子が実家から帰って来る日だからだった。

稜子を駅まで迎えに行くため、今日は元々集まる予定ではあった。しかし稜子が帰って来るのは夕方で、昼前の今、集まるには早すぎる。

数日前、急にこの時間に招集をかけたのは空目だった。

そして、それを指示したのは空目ではない人物だった。

その人物の用件のため、今日はこの時間に集まったのだ。二人の言うついでとは、そういう事だ。

空目、あやめ、武巳、俊也、亜紀。

そして本当は稜子も、ここに呼び出される筈だった。

稜子は帰省中で、たまたま間に合わなかったのだ。用が済んだら迎えに行く予定だ。だからあくまで用件はついでなのだ。気乗りしない人物の用件となれば、尚更《なおさら》。

「……」

皆の言葉に、空目が頷く。

すると、全員が揃ったのを見計らったように、玄関のチャイムが鳴る。

空目が目線で指示し、それを受けたあやめが迎えに玄関へ向かう。硬い表情。スリッパの足音が、ぱたぱたと遠ざかる。

誰もが無言だ。

やがて、あやめに伴われて、その気乗りしない人物が現れた。

灰色の髪に、黒スーツ。高価そうな整髪料の香りが鼻を突いた。

「……や、どうも」

芳賀幹比古《はがみきひこ》は、部屋に入るなりそう言って笑った。

「申し訳ないですねえ。夏休み中だというのに集まって頂いて」

一礼する。

皆、挨拶もせずに芳賀の顔を睨《にら》むように見ていた。

一瞬で、険悪な雰囲気が、その客間に満ちていた。

2

武巳の戸惑った視線。

空目の無感動な視線。

亜紀の不信に満ちた視線。

俊也の敵意に満ちた視線。

「――では、何からお話ししましょうかねえ……」

間違っても友好的とは言えない空気の中、この集まりの主催者である芳賀は、にこやかに周囲を見回した。

「……本当は日下部さんにも来て頂きたかったのですが、まあ良しとしましょう」

「…………」

厚顔無恥とはこの事だ。相変わらずの理解しがたい神経に、俊也は諸々《もろもろ》の感想を通り越して底の知れない不気味さを感じる。

と、同時に、改めて俊也の中に絶対的な不信感が形作られる。

だが周りの空気など感じていないように、芳賀は穏やかな笑みを初老の顔に浮かべている。貼り付けたような笑みだ。出会いが最悪だった事もあり、俊也はその笑みが、胸がむかつくほど嫌いだった。

――社会に侵入する〝異物〟を狩り出す、とある〝機関〟のエージェント。

それを名乗る、芳賀を始めとする〝黒服〟の男達。

ＵＦＯの目撃者を訪問するという〝黒衣の男〟の都市伝説を、そのまま形にしたようなこの男達は、俊也達がある事件で『異界』に触れてからというもの、折に触れては皆の周辺に出没するようになった。どうやら過去の事件を元に、〝機関〟は空目を引き入れたがっているらしいのだが、最初は空目を殺そうとし、次に亜紀を殺そうと画策した〝黒服〟を、俊也は信用していなかった。

皆も、多かれ少なかれ不信があるようだ。

空目を除く皆がそれぞれ、睨むようにして芳賀の方を見詰めている。

だが、今回ばかりは戸惑いのようなものが視線の中に混じっていた。

原因は芳賀の隣にあった。

――――芳賀の隣に座り、じっと俯く高校生くらいの少女。

芳賀はこの日、一人の少女を連れて来ていたのだ。

俊也達と同じか、少し年上くらいの少女だった。すらりとした印象で、やや背は高め。

皆、何者なのかと思っていた。緊張のためか表情が硬いその少女の存在を、俊也も皆も、一体どういう事なのか、完全に量りかねていたのだった。

「では……」

ゆっくり全員を見回して、芳賀は口を開いた。

「……まず、紹介しておきましょうか。こちらは大迫歩由実《ふゆみ》さん。あなた達《たち》と同じ、聖学付属高校の三年生です」

芳賀がそう言い、少女が会釈した。

その動きにつれて、ショートカットの髪が緩慢に揺れる。

皆が少女に注目する。

学校の先輩であるらしい、その歩由実という少女は、何だか酷くやつれたような雰囲気をしていた。一見して顔色が悪い。疲労か病気かは知らないが、疲弊が目立っている。テーブルの一点を見詰めて、あまり視線を動かそうとしない。そのくせ周囲を気にしている様子で、怯《おび》えたように身を硬くしている。

つとめて周りを見ないようにしている、そんな感じがした。その不可解な様子に、俊也は訳が分からず妙な表情を作った。

「……？」

その時だ。

ふと違和感を感じたのは。

俊也は少女の様子に奇妙な印象を受けた。それは俯き、半ば以上が前髪に隠れた顔に、微かに見えた、表情の変化だった。

笑ったように、見えたのだ。

僅かに垣間見《かいまみ》えた口元、それが引き攣るように歪められ、笑みの形を作ったような。

思わず見直した時には、そのような様子は消えていた。だが、うっすらと不気味な印象を俊也は少女に対して持った。

その心中を知ってか知らずか、芳賀は言った。

「実はですね、皆さんを呼んだのは、この歩由実さんの事なのですよ」

「……は？」

芳賀の言葉に応えて、まず俊也が攻撃的な疑問符を発した。

「いきなり呼びつけといて、それか？　意味が解らねえな」

俊也は、この中の誰よりも〝機関〟を嫌っている自信がある。初めから礼儀を無視した喧嘩《けんか》腰《ごし》で応じた。

とにかく気に入らない風に、目元に明らかな険を浮かせる。

空目にとって危険な存在は、何であれ、近付けない構え。

だが芳賀は怯《ひる》みもしない。

俊也の剣幕に、びくりと身を竦《すく》ませたのは歩由実だけで、それに気付いた俊也は思わず渋い顔をした。そっちを脅すつもりは無いのだ。

くそ、やりにくい、と心の中で舌打ちする。

芳賀は一見すると穏やかな笑みを浮かべて、両手で場を抑えるジェスチャーをする。

「……まあ、お聞き下さい。今日私が来たのは、皆さんをどうこうしようという目的ではありません。それどころか協力を仰ぎに来たのです」

「協力？」

俊也は油断なく、身構えるように返す。

「ええ、協力です。〝魔王〟空目君と、その仲間達にね」

水を向けられた空目は、目を細めただけだ。

芳賀が皆を見渡す。嫌な予感がする。皆が沈黙し、亜紀が溜息を吐いた。もう判っているという溜息。亜紀は芳賀に言った。

「…………もういいです。はっきり言ったらどうですか？　貴方が来て、恭の字に用があるとなったら答えはもう一つでしょう」

「おい」

諦めたような調子の亜紀に、俊也は不満を言う。

「こいつの話を聞いてやるのか？」

「しょうがないでしょ、どうせ私らには選択権なんか無いよ」

亜紀は冷静な認識を口にする。

「まあまあ、話だけでも聞いてみて下さい」

芳賀は言った。

「協力いただけるかは、話の後にしましょう。その上で断って頂いても、もちろん構いませんよ？」

笑みを浮かべた。もちろん、俊也はその笑みを信用しなかった。皆も同じような、不信な表情。

芳賀は両手を広げ、皆を抑える。

そして不本意そうな、それぞれの表情を見渡しながら、話し始めた。

「歩由実さんはですね、最近幻覚に悩まされて、精神科の門を叩きました」

「……？」

俊也は、そして皆も、思わず歩由実の方を見る。

「カウンセリング、投薬、様々な治療が試されましたが、効果が見られませんでした。その結果、とある精神科医が、歩由実さんの件を我々の所に持ち込みました。その医師はある情報にある程度通じていて、この件にある可能性を見出《みいだ》したのです。こうして彼女の症状は、我々の知るところとなりました」

芳賀は横目で、意味ありげな視線を歩由実へと向けながら話していた。気遣うような、だが観察するような、例えるなら医者じみた目だ。

いいですか？　と芳賀は勿体《もったい》ぶった言い方で一拍置く。

「彼女の幻覚の正体は〝異存在〟です」

「えっ！」

武巳が驚いた顔をしたが、俊也も、他の誰も驚きはしなかった。

「……やっぱりそれか」

亜紀などはうんざりしたような呟きを吐く。

「それで恭の字の協力を？」

「ええ」

「〝恭の字を使った実験観察〟の間違いじゃなくて？」

「同じ事です。ともかく彼女の症例は〝我々〟の方法論では対処が難しいので、そういう事なら『化物退治の専門家』にお任せしてみればどうか、と。そういう事になりまして」

しゃあしゃあと言う芳賀。つまり自分たち〝組織〟の手に負えないものを、物は試しで高校生にやらせてみようという事だ。

そこに至って、ようやく今まで黙っていた空目が口を開いた。

「……いつから俺は『化物退治の専門家』になった？」

「おや？」

心なしか心外そうな空目に、芳賀は逆に露骨に心外そうな表情を作った。

「違うというなら、それは君の認識不足でしょう」

言い切った。空目に対してここまで言える人間はそうは居ない。

「ま、不本意なレッテルというのは世の中にありがちな事だと思いますがね。他者と自分の、自分に関する認識が乖離《かいり》している証拠ですよ。どちらの認識が現実的に見て正しいかは、賢い君なら判りますよね？　君は自分の立場を、この際はっきりと認識すべきですな」

「……」

空目は黙って鼻を鳴らした。

そんな空目に、芳賀は身を乗り出して語り始めた。

「いいですか？　君は〝機関〟ですら手に余る、〝非殺による異存在の放逐〟をいとも容易《たやす》くやってのけた。もう何十年も〝異存在〟との秘密闘争を繰り返している我々が、様々な理由で採用できなかった方法論を君は持っているのです。人間は『異界』に対して多くは無力です。だから我々は異界に接した人間を〝処理〟する事で、この世界から異界を断ち切る事しかできません。異界に触れた人間は死ぬか、狂うか、どちらにせよ無事では済まない。異界を知った人間は、もはやすでに異界のモノなんです。

……古い例えをするなら〝伊吹山《いぶきやま》の禅師〟がありますな。ある日、禅師が空から『極楽浄土へ導いてやろう』との声を聞き、弟子達の目の前で仏に導かれて西の空へと消えてしまった。弟子達は禅師の極楽往生を疑わなかったが、七日後に裏山で狂ったように念仏を唱えている姿で発見された。禅師は正気に戻る事なく、三日後に死んだ。……『今昔物語』の挿話です。普通の人間は『神隠し』などに遭えば、こうなるものなんです」

そう、芳賀は強い調子で言う。

「ところが……君は『異界』に接しながらも未だ〝人間〟の側に留まっている。あれほど異界に触れ、知り、なおかつ異界のモノを傍に置きながらも君の精神はよほど我々に近い。これは驚くべき事ですよ。君ならば、我々には救えない被害者を救えるかも知れないのです。そう、例えば——あなたは身をもって経験していますよね、木戸野さん。あなたを救えた空目君なら、こちらの歩由実さんをも救えるとは思いませんか？」

「…………」

亜紀は黙して答えない。

「あなたも一度〝異存在〟によって死に瀕《ひん》した。あなたも、我々の方法論では〝処理〟するしか無かった。歩由実さんも、同じです。ところがあなたは助かった。どう思います？　空目君なら、彼女を救える筈だと思いませんか？　このまま彼女を見殺しにするのは、あまりにも可哀想《かわいそう》だとは思いませんか？」

さらなる芳賀の問いにも、亜紀は答えなかった。代わりに不愉快そうに眉を顰めた。

その意味するところは——『肯定』。俊也も、芳賀の説得を聞きながら、不本意ながらも「その通りだ」と思ってしまった。

思わず歩由実を見る。

彼女は俊也達が協力を断れば、そのまま死に繋がる交渉に来ているのだ。

一瞬同情したが、俊也はそれを振り払った。初めて会う他人は到底空目の安全に代えられるものでは無いし、何より〝黒服〟絡みというのが油断ならなかった。さらに言えば、最初に歩由実に対して持った不気味な印象が意識に引っかかる。

「……」

皆、言うべき言葉が見付からなかった。

そんな中、おずおずと武巳が訊ねた。

「……どうする？　陛下」

空目は即座に答えた。

「聞こう」

「おい、空目！」

俊也は慌てた、というよりも叱責に近い声を出す。

「俺は反対だ。ヤバすぎる」

「そうだな、確かに危険だが、俺は興味がある」

平然と答える空目。

「おい！」

「他の皆には無理強いはしない。聞きたくなければ部屋を出ればいい。どうする？」

静かに空目が訊ねたが、誰も席を立たなかった。

それを見て、空目は言う。

「本当に、危険かも知れんぞ？」

「別に。恭の字がやるなら、私は協力するよ？」

亜紀は事も無げに言う。

「どうせ私は、恭の字に助けられなかったら死んでたからね。役に立つよ？　私は」

そう言って、膝の上で指を組んだ。

ずっと空目の隣にいたあやめは、もちろん出て行くような事は無い。

武巳は別に覚悟があった訳ではないが、迷っているうち決断しそこねた形だろう。

結局、誰も席を立たなかった。

「はあー……」

そんな皆の様子を見て、俊也は大きく溜息を吐く。

そして黙ってソファを大きく軋ませ、再び腕を組んで深く座り直した。憮然とした表情で目を閉じる。

亜紀が訊いた。

「残るの？」

明らかに意地悪で訊いていた。

俊也は不機嫌な声で答えた。

「当たり前だ」

「だろうね」

3

すっかり空気が重くなった客間で。

芳賀が静かに、歩由実を促した。

「どうぞ、説明を。歩由実さん」

「…………はい……」

答えながらも、すぐには何も言わない歩由実。

そんな様子を見ながら、この状況に対して、亜紀は「やっぱりこうなったか」と、内心で考えていた。

俊也には気の毒だが、最早《もはや》これは逃れられないものなのだろうと、亜紀は思っていた。

どんなに俊也が忌み嫌っても『異界』は空目に纏《まと》わり付《つ》く。これは空目自身が呼び込んでいるのだと、亜紀は確信している。

今や空目と『異界』は不可分だ。誰が何を思おうと。

そして俊也と違い、亜紀はこの状況を内心で歓迎していた。この状況は亜紀としては、それほど嫌ったものでは無いのだ。

こんな事でも無ければ、亜紀が空目の役に立てる事など、なかなか無いからだ。

いま、亜紀と空目を繋ぐ最も強い絆が、この『異界』だ。

そんな異常事態でも無ければ、亜紀は空目と近しい位置に立てない。少なくとも亜紀はそう思っている。亜紀の巻き込まれた事件こそ、そしてその中で受けた傷こそ、亜紀と空目とを最も近付けてくれた絆だった。

この〝黒服〟が持ち込んで来た事件も、もしかするとその一つになるかも知れない。

結局、亜紀は空目の傍に立ち続けるため、他人の不幸も俊也の心も、全てをダシにしているのだ。ここで俯いている歩由実には――――そして俊也にも、空目にも、本当は合わせる顔が無い。亜紀の本来の倫理観からすると、吐き気がするような醜いエゴだ。だがそれでも亜紀は平静な顔をして、ここに座っている。

取り繕う事だけが、今の亜紀ができる、精一杯の強さだ。

生まれてこのかた、何があっても変わらない強さをこそ亜紀は望んで生きて来たが、これは強さとは呼ばない筈だ。

知っている。だがそのハリボテの強さ以外、亜紀は持っていない。

しかしそれでも、見せかけの強さでも持っていないと、空目の側には居られない。そして弱さを認めたとして、それで自分が変わる事も、怖かった。

曲げれば、硬いガラスは砕けるのだ。

無様だ。考えると、亜紀の心は深淵《しんえん》に沈み込みそうになる。

だが歩由実がようやく語り始めた時には、亜紀は全く表情を取り繕っていた。

全く静かな――――そして〝黒服〟に対する、大して持ってはいない反感を見せながら、仕方なさそうに、話を聞く態勢になっていた。

「――――今から考えると、その時に何もかもが始まってたような気がします」

皆が見詰める中、歩由実はそう切り出した。

「……最初におかしくなったのは兄でした。兄は四月の終わり頃から不眠症になって、そのうち幻聴や幻覚を訴え出して、時々人が変わったようになりました」

歩由実は初めに大学生の兄が居ると前置きすると、押し殺したような声で、ぽつりぽつりと話し始めた。

「ただの不眠症だと……思いました。そのうち治るとも、思ってました。でも……二ヶ月ほど前に、兄は突然、家を飛び出すと――――あらぬ事を叫びながら山の方へと駆け上って、バルトを枝にかけて、首を吊りました」

「！」

いきなりのショッキングな出だしに、武巳が絶句した。

「兄は助かりませんでした。首吊り……自殺です」

「……」

淡々と話す歩由実の姿は、見るからに痛々しいものだった。

「兄は枝に、直接ベルトで縛り付けられたようにぶら下がっていました」

テーブルの一点を見つめたまま、歩由実は語る。

だが話が続くにつれ、痛々しいのとは別のものが、歩由実の表面に滲《にじ》み始めた。

「まるで人形を、木に縛り付けたみたいでした。窒息死したらしくて、兄の顔は膨れ上がり、どす黒い紫色に変わっていました」

訥々《とつとつ》と、描写を始める歩由実。

「大きく目を見開いて、真っ赤に充血した目が飛び出しそうになっていました。まるで鬱血の圧力で、眼球が押し出されているようでした。唇も膨張して、異様な色に変色して、その端に泡がこびり付いてました。首にはベルトが食い込んで、醜く変形してました。だらりと手足が投げ出されて、宙に浮いていました。まるで壊れた玩具のように、歪《いびつ》に見えました……」

訥々と、訥々と、歩由実は異常な描写を続ける。

その異様さは徐々に加速し、明らかに常軌を逸した雰囲気が歩由実を包み始めた。

「……」

亜紀は俊也と顔を見合わせる。武巳は呆然《ぼうぜん》と、空目は冷徹に、歩由実を凝視する。

ソファに座り、じっと下を向いたまま、微動だにせず——そんな異常な様子の歩由実によって、歩由実の異常な体験が、この場所に陳列され始めた。


…………

＊

歩由実の兄は自殺した。

遺書があった訳でも無く、状況が状況だけに、この死は病苦による自殺か、さもなくば病気が直接の原因となった一種の事故であるとして片付けられた。

警察に手落ちがある訳では無い。

不審は無いのだ。ただ異常なだけだった。

もちろん歩由実もそう思っていた。兄が時々口走る異常な言動は日々進行していて、その頃には明らかに『病気』の様相を呈していたからだ。

『……呼ばれてる』
『見えないのか？　あれが！』
『入ってくるな……！』

そんな事を話したり、時には叫んだりしていた兄。だが歩由実は、そんな兄がいつか治ると思っていた。そうでない時の兄は完全に平静で、直前までちゃんと大学に行き、問題なく授業を受けていたのだ。いつもは本当に正常で、時々発作が出るだけ。しかも無理をして外面を取り繕い、できるだけ周りに気取られないよう、平静を装っていた節があった。

発作が出ると、奇妙な台詞を口走るか、さもなくば部屋に閉じ籠って、誰も部屋に入れようとはしなかった。そんな時は、部屋に入ろうとすると病的に抵抗した。凄《すさ》まじい形相で睨み付け、侵入する者を怒鳴り付けた。それはまるで、本当に人が変わったようだった。

いや、本当に病気だったのだろう。

だからこの自殺は、急なものだとは感じられたが、不審なものだとは思わなかった。周囲の人間も、家族も、誰もがそう思ったように、歩由実もまたこの兄の自殺を完全に不眠症が原因のものだと思い込んでいた。神経症のせいだと疑わなかった。ところが——実際は、そうではなかった。

それに気付く事になったのは、兄の死後、二週間ほど経った時の事だった。

その日、歩由実は兄の部屋へと入っていた。

特に理由は無かったと思う。というか、実のところ殆《ほとん》ど経緯を覚えていなかった。何故だかその日の記憶はひどく曖昧で、抜け落ちていた。ただいくつかの事を断片的に憶えていて、その顛末《てんまつ》は大体こんな感じだった。

兄の部屋に入ったは歩由実は、机の上に見慣れぬ本が一冊置いてあるのを見付けた。

歩由実は兄の死後にも幾度か部屋に入っていたが、そんな本が置いてあった記憶は、全く無かった。

不審に思って見てみると、それは学校図書館の本らしい。

薄っぺらい冊子だったと思うが、詳しくは思い出せない。

ただ鮮烈に憶えているのはその冊子の存在と、その表紙裏に捺された『禁帯出』のスタンプだ。それは見た事の無いスタンプで、ひどく印象的で象徴的で、何故だか非常に気持ち悪く感じたのを憶えていた。

理由は判らないが、その模様に目が引き込まれたような気がする。

それは目が眩《くら》むほど高い場所から下を見た時、身が竦むと同時に大きく体が引き込まれる、あの恐ろしい眩暈の感覚に似ていた。

一瞬、何もかも判らなくなった。

そして誘われるように本へと目を通し始めて――――そこからの記憶が無くなった。

吸い込まれるように文章に引き込まれ、気付いた時には朝になっていた。題名も内容も思い出せなければ、その行方も判らなかった。

気が付けば一晩経っていて、冊子は姿を消していた。

確かに一晩経ってなければ、それが夢かと思ったくらいだ。

だがそうではないと、何か直感のようなものが告げていた。


『――――今日さ、図書館で本借りたら、知らない間に覚えの無いのが混じってたよ』


急に兄の言葉を思い出した。

それは兄がおかしくなる直前の事で、そんな事もあるかと忘れていた出来事だった。

確かにその時、兄は薄い冊子を持っていた。記憶は無いが、多分その冊子。

歩由実の父は学校図書館の司書なので、覚えが無いかと訊いてみた。

しかし答えは、覚えが無いというものだった。

心に引っかかりながらも、諦めざるを得なかった。手がかりどころか現物も、どこへ行ったのか判らないのだ。

これでは冊子の実在すら怪しい。

このままでは自分の記憶と正気の方を疑わなければならなくなる。

ところがだ。

すぐにそれどころでは、無くなった。

その日を境に歩由実は怪異を見るようになり、自殺の間際の兄が何に怯え、何を見聞きしていたのかを知る事になったのだ。


歩由実の恐怖の日々は、その時から始まった。


最初は夢だった。

冊子を見付けた後、最初の夜に、歩由実はこんな夢を見た。

自分の部屋で、机に座っている。すると、きい、と背後にあるドアが開くのだ。恐る恐る振り向くと――――

開け放されたドアの向こうに、首吊り死体が下がっている。

ぎょっ、として目を覚ました。

それからというもの、この首吊りの夢が毎日続くようになった。

眠れば同じ夢を見た。すぐに歩由実も兄と同じようにな不眠症になり、夜通し部屋の明かりを点《つ》けて、眠らずに夜を明かすようになった。

眠れないのではない。

眠るのが、怖い。

死体の夢も怖かったが、それ以上に、何故だか夢に呼ばれているような気がしたのだ。首吊り死体が夢の中で待ち構え、歩由実が夢へとやって来るのを、じっと待っているような気がしたのだ。

誰にも言えない。

相談なんかできない。

そんな事を言えば、良くて相手にされないか、悪くすれば病院行きだ。

そんな事で、父を心配させる訳にはいかなかった。

歩由実の家は父子家庭で、いまや歩由実が唯一の家族なのだ。そもそも兄がおかしかった時も、考えの古い父は精神科へ行くなど決して許さなかった。自分の子が精神病など、父は絶対認められない。だから兄がそうしていたように、歩由実も必死で見かけを取り繕った。

平静を、装った。

それでも初めのうちは、何とかなった。
だが――――

とうとう首吊り死体は、〝夢〟から〝こちら〟の世界へとやって来た。


ひと月ほど前を境に、歩由実は紐の軋るような幻聴を聞くようになった。

それからだ。

それを、歩由実が見るようになったのは。

＊

「……それからです。視界の端に、頻繁に首吊り死体の影を見るようになったのは」

歩由実は静かに、そう語った。

「幻聴がひどくなってからでした。その頃は何でもない些細な音が、何だか人の声のように聞こえるようになっていました」

じっと下を向いたまま、歩由実は言う。

「不意に何か音が聞こえると、それが『おいで、おいで』って私に言ってるような気がするんです。そんな時……最初にそれが見えました。教室の窓から外を見た時、ずっと向こうの大学の敷地の木の陰に、首吊り死体のような影が見えた……気がしたんです。ぎょっとして見直すと、そんなものはどこにもありませんでした。夢のせいで神経が過敏になっているんだと思いました。その時は……それで済みました。でもそれから、事あるごとに首吊りが見えるようになったんです」

徐々に重ねられる、歩由実の言葉。

「それは視界の端とかに一瞬見えるだけで、絶対にはっきりとは見えません。走っているバスの窓に一瞬首吊り死体のようなものが見えたとか、そんなものばかりです。でも、だんだんと見える回数が増えてきて、場所も近付いてきて、最初は数日に一度だったのが、今では一日に何度も見えます。最初は校庭から見た、校舎の窓に映るくらいでしたが、今は一日に何度も、手が届くくらい近くに見えたりします。校庭の向こうが、廊下の向こうになって、部屋の向こうになって、今は窓の外です。近付いているんです。それは少しずつ、私の方に近付いて来てるんです……！」

「…………」

その内容と、異様な雰囲気に、皆、息を呑《の》んで話を聞いている。

自分の怯えを説明する歩由実の言葉の、内容そのものは、しおらしいものだ。しかし自分の窮状、さらに実兄の不幸を訴える言葉にしては、それは奇妙なくらい淡々とし過ぎていた。

そして同時に、ひどく緻密でグロテスクで、また不必要とも思える描写を歩由実は執拗《しつよう》に繰り返しているように思えた。それは見方によっては異常な様子で、少なくとも普通の精神状態には見えなかった。

感情を殺しているのだろうか？　それとも、すでにおかしくなっているのだろうか？

そんな事を思っている間にも歩由実の言葉は続き、それはトーンを上げて、明らかに病的な熱っぽさを帯びていた。

「そして——だんだんと近付いてくる事が判ってから、急に恐ろしくなりました」

だんだんと早口になる、歩由実。

「あれに完全に近付かれたらどうなるんだろう？　そんな考えが浮かんだんです」

何かに取り憑《つ》かれたように、口から次々と言葉が紡ぎ出される。

「その頃にはもう、あの死体は一メートル以内に近付いていました。トイレで鏡を見ると、鏡に映っている個室の上にある隙間に、ぴんと張った紐が見えたりするんです。まるで個室の中で、誰かが首吊りしてるみたいに。もちろん振り返ると、そこには紐なんかありません。

リアルさを増して行く幻覚に、だんだん自分の運命を見ている気になって来ました。きっと兄も、これを見ていたんです。兄の見ていたものを、私も見ているんです。そう気付いてしまうと限界でした。ずっと考えないようにしてましたが、おかしくなった兄の言動が自分と被《かぶ》りました。首吊り死体が傍まで来たら一体どうなるんだろう？　兄みたいに狂乱して首を吊るんだろうか？　そんな不安と想像が頭の中でぐるぐる回って、このままでは気が狂うかも知れないと本気で思ったんです。

その間も〝首吊り〟は現れました。夜中に目を覚ますと、ベッドの足元に〝首吊り〟がぶら下がっていた事がありました。私を見下ろしていて、目が合いました。表情は影で判りませんが、大きく開いた片目は濁っていて、焦点が合ってませんでした。生白い首に細い紐が食い込んで、不気味に絞られ変形して伸びていました。そのままだらりとぶら下がっていました。もう〝人〟じゃない、〝物〟の重さでした。異常に伸びた首に一体化しているかと思うほど紐が食い込んで、伸びて、歪んでいました。白く歪んで、紐が、首が、伸びた首が。首が、首が………っ！」

突然、壊れたレコードのように歩由実の言葉が飛ぶ。

ぞっ、と様子を見ていた亜紀の背筋に冷たいものが走った。芳賀が歩由実の肩を摑《つか》み、鋭くその名を呼ぶ。

「――歩由実さん！」

途端に、ひた、と歩由実の口調が落ち着いた。

「…………それで、悩みに悩んで…………結局、父には黙って精神病院に行きました」

淡々とした元の声。その激しい変化に、亜紀はうそ寒い不気味さを覚える。

「たらい回しにされて、さすがにあそこに行くのは、ちょっと抵抗があったんですが……」

「……」

気が付くと、喉がカラカラに渇いていた。どうやら俊也も同じようで、何かを言おうとしたらしいが、初めは喉がからんで声にならなかった。無理矢理に唾を飲み込み、改めて俊也は声を出す。

「あー、訊いていいか……？　あそこ、ってのは、どこの事だ？」

質問する。

歩由実が答える。

「病院です。精神病院」

「精神病院？　〝内陣《ないじん》さん〟の事か？」

「そうです」

頷く。

確かに、地元では有名な、年寄りが良からぬ目を向けて噂している精神病院に、自分が踏み込むのは抵抗があるだろう。だが今の様子を見る限り、歩由実には確かに精神科の治療が必要に見えた。

「…………」

歩由実が沈黙する。

それを見計らって、空目が口を開いた。

「いくつか質問がある」

「はい……」

歩由実は俯いたまま返事をした。

「それが見えるのは自分だけで、周りの人間には見えなかったか？」

「はい。それとなく友達に聞いたりしたけど、見えてる様子はありませんでした。兄の時も、見えていたのは兄だけで、私には見えませんでした」

ふむ、と空目は眉を寄せる。隣のあやめに目を向ける。そして問う。

「ここにいる女の子は、見えているか？」

「?……はい、見えます……」

「そうか、なら俺達《おれたち》は、まだ本質的な情報には至ってないな」

返事を聞くと、空目はそう言って宙を睨んだ。奇妙な質問をして、訳の分からない納得をされて、亜紀は訝《いぶか》しそうに、空目を見た。

武巳も解らないようで、不思議そうな顔。

「……陛下、どういう事？」

武巳の問いに、空目は答えて言った。

「『異界のもの』は、その『物語』を聞けば〝感染〟するな？」

「あ……うん……」

「だが、まだ俺達には首吊り死体など見えていない。あやめが見えるなら、彼女は感応不能では無い。つまり本当の『物語』は、今の話では無いという事だ」

それを聞いて、ぼそりと歩由実が言う。

「私は………嘘《うそ》は言ってない……」

「そうじゃない。話は真実だろうが、表層的な現象に過ぎないと言っている」

空目は首を振った。

「多分、今の話は〝現象〟だけで、異界のモノ〝そのもの〟の話では無いのだと思う。もし今の話が〝そのもの〟なら、もう俺達は首吊りの影を見ている筈《はず》だ。にも拘らずそれが見えていないという事は、まだ俺達は〝感染〟していないという事になる。隠された情報か、忘れられた情報がある筈だ。今の話から考えるに――――恐らく〝そのもの〟は、消えてしまったという冊子の中にあったのではないか？　いや。それは仮説に過ぎないな。仮説以前の想像に過ぎないか」

「ん……？」

空目のその言葉に、亜紀は引っ掛かりを覚えた。亜紀の毒舌の部分は、よくもまあこんな危なそうな女の言う事を額面通りに受け取る気になるものだ、などと考えていたが、いま感じた引っかかりはそれとは少し違った。それについて訊ねようと思った瞬間、突然の、芳賀の拍手によって割り込まれた。

「いや、なかなか素晴らしい」

小さく拍手をしながら、芳賀は感嘆の言葉を口にした。

「やはり君の方法論は優秀ですよ、〝魔王陛下〟。頼みに来た甲斐《かい》がありました」

「……」

空目は無表情に目だけを向ける。

「同じように調べ始めても、我々よりも数倍は早く、君は事件の本質に辿《たど》り着《つ》くでしょう。惜しむらくは君のノウハウは〝非人間〟のもので、我々には取り扱えない。効率は良いですが危険ですからね。まるで人間をカナリアかモルモット代わりにして、真っ暗な洞窟に先行させている気分になります」

まったく惜しい、と芳賀は笑った。空目は興味なさげに黙殺する。

その態度にも、笑顔を崩さない芳賀。空目に倣ってその存在を黙殺する事にした亜紀は、代わりに空目を見て訊ねた。先程の引っかかりについてだ。

「……あのさ、恭の字」

「何だ？」

「思考の流れが読めないんだけど。この先輩の話が〝そのもの〟なら、私らにも『首吊り』が見えてる筈だって言ってたよね」

「ああ」

頷く空目。

「じゃあさ、という事は――――その『首吊り』が、今ここに居るって事?」

「その通りだ」

「ん、判った。納得した。どういう飛躍をしたのかと思った」

亜紀は頷いた。それならば話は判る。判りたい話でも無かったが。

「え……?」

武巳はやり取りの意味が理解できずに、一度聞き流したようだった。そして不思議そうな顔をした後、一拍遅れて、今の会話の内容を把握した。

「え? ……え! 何? どういう事?」

「だから、今ここに居るんだってさ。なに遅れて驚いてんのよ」

亜紀は呆れたように応じる。

「だ、だってさ……え? ほんとに?」

「ああ、多分そこの窓の辺りに居る。あやめが袖を引くから何かと思ったが、この先輩は話をしている間ずっと窓には目をやらないようにしていた。俺には何も見えないが、あやめにはなら見える。そこに居たのは確実だ」

「！」

腕組みする空目と、神妙に頷くあやめ。

理解していなかった全員が、ぎょっとして何も無い窓に目をやった途端、歩由実が静かに口を開いた。

「……居ますよ」

そしてぼそりと言った。空気が凍る。芳賀でさえ驚きや怯えは見えないものの、どことなく警戒したような目を、窓にそれとなく向けていた。

「その子には判るんですね……」

歩由実は言う。

「そこに、ずっと居ましたよ。そのレースのカーテンの向こうにぶら下がっていて、カーテン越しに、ずうっと、こっちを見てました」

そう言って、引き攣るような笑みを、その口に浮かべた。

そのまま、歩由実はくすくすと笑い出す。

武巳などは腕に鳥肌を立てていた。

「い、居るんだ……？」

武巳は怖々と、窓を見やった。何も異常は見えず、見えるのは隣家の壁だが、そこに映ったレースカーテンの影を、気味悪そうに眺める。その影はずっとあって、話の前と何かが変わった訳では無いから、武巳が感じているそれは気のせいだ。だが今までそこに『居た』などと言われては、さすがに平気ではいられないようだった。

くすくす……

歩由実は笑う。笑い続ける。

その笑いは口元こそ笑っているものの、楽しげというよりも、どこか苦しげだった。肺が痙攣《けいれん》しているように、歩由実は引き攣った笑いを漏らしていた。そんな一種騒然とした雰囲気が部屋を支配していたが、その中で空目だけが、そんな事はどうでもいいと言わんばかりの態度で、何事も無いかのように、質問を再開した。

「……『悪夢』『幻覚』『幻聴』、聞いた限りでは症状は三つだろうと思う」

まず空目は言った。

「不眠症や閉じ籠りは、これらの症状が引き起こす『結果』に思える。そして、今まで聞いた症状は〝本質〟ではない。まだ、情報が足りない」

空目は歩由実に視線を向ける。

「本の内容は、思い出せませんか？」

「……ごめんなさい、全然、覚えてないです」

空目の質問に対し、歩由実は笑いを引っ込めると、意外に素直に受け答えをした。

「題名や著者も？」

「はい、全く」

「冊子の外見なども、記憶していない？」

「はい、はっきりとした記憶は何も無いです」

「……」

「でも、見れば判るかも」

空目は少し目を閉じ、沈黙した。やがて目を開けて、質問の方向を変えた。

「……夢や幻覚に出てくる首吊り死体は、お兄さんではない？」

「よく判らないです。でも、違うと思います」

「違うと思う？」

「そう思います」

「分かった。では最後に、他に忘れている現象などは？」

「えーと……？」

「些細な事でもいい。不審な事は？」

「あー……………えーと、これは確かな話じゃ無いんですけど、どうも夢遊病のような事が時々あるみたいな事も……あるみたいです」

空目に促され、少し逡巡《しゅんじゅん》してから歩由実は答えた。

「夢遊病？」

「あ、そんな、大した事じゃ無いです。夢のせいで眠れなくなってから、授業中とかにすごく眠くなるんですけど、そんな時に気を抜くと、ふっと意識が無くなるんです。

要するに寝ちゃってるんですけど、そんな時はあの夢も見なくて、でも授業中に寝てるのに一度も注意された事が無いんです。記憶は無いんですけどノートも取ってあって。でも私の筆跡とは思えないくらい、汚い字なんです」

まあ当たり前ですよねえ、と歩由実は力なく笑う。

その受け答えは全く正常で、一人で語っている時の異常さは完全に鳴りを潜めていた。憑《つ》き物《もの》が落ちたような顔だ。それこそ二重人格のように、切り変わっていた。

亜紀は、眉を顰める。

話が一段落したのを見計らって、芳賀が言う。

「……どうです？　この話、協力いただけるでしょうか」

そう言って、一同を見回した。

「状況はお判り頂けたと思います。歩由実さんは現在、大変に切迫した状況にあります」

芳賀は身を乗り出す。

「〝君達《きみたち》〟がやるか、それとも〝我々〟がやるかです。どちらになるかは完全に、君達の返事如何《いかん》にかかっています」

明らかに決断を強いる言い方をする。

――〝我々〟のやり方がいかに荒っぽいかは、ご存知ですよね。


そんな台詞を、暗に言っていた。

芳賀は空目を見据える。

「さあ……どうします？」

「空目。俺はもう少し、よく考えるべきだと思う」

俊也が自分の意見を述べる。

「私はどっちでもいいよ。恭の字の好きにすればいい」

亜紀は言う。

「あ、俺も……」

武巳も慌てて後に続く。

空目は腕組みし、目を閉じていた。そして周りの意見を確認すると、

「保留させてくれ」

と一言口にした。

「皆が関わるなら、意見を統一しておきたい。今決めれば確実に齟齬《そご》が出る」

「そうですか……」

その答えに、身を乗り出していた芳賀は空目を見据えた。その柔和な笑みに、不気味な凄みがじわりとよぎった。

「そんな答えが通るとお思いですか？」

「別に。通るか通らないかには興味が無い」

芳賀の穏やかな恫喝《どうかつ》を、空目は受け流す。

「なぜ？」

「俺はこちらの都合を言ったまでだからだ。こちらが通すか通さないかの問題だ」

空目は言い切った。

「それが答えですか――――」

断定的な空目に、微笑む芳賀。仮にも芳賀は、こちらの生殺与奪を握っている相手だ。正直はらはらする会話だった。亜紀は思わず、息を呑む。

「――――まあ、いいでしょう」

ところが、芳賀はあっさりと引き下がった。

「明日いっぱいまで待ちましょう。結論が出たら私に連絡を。ですが、お早めにお願いしますよ？　日が経つごとに、歩由実さんの危険は増える事を忘れないで下さい」

そう言って、立ち上がった。

「では行きましょう、歩由実さん。それでは——必ず良い返事が頂けるものと、期待していますよ」

芳賀は笑った。先程の恫喝など忘れたような、そんな笑みだった。

歩由実が、緩慢な動作で立ち上がる。

「…………お願いします……」

そう言って、一礼する。

「……」

その瞬間、亜紀は歩由実の正気を見た気がした。

頭を下げた一瞬、気のせいか歩由実の表情はとても真剣で、必死なものに見えたのだ。

すぐに、歩由実は元の暗い表情に戻り、部屋を出た。その歩由実を黙って見送りながら、亜紀は思わず一人、自問していた。

——どちらが本当なのだろう？

それは〝直感〟のようなものだった。

――一体どちらが、本物の歩由実なのだろう？

何故そんな疑問が浮かんだのか、亜紀自身が、理解できなかった。

三章　魔道士の影

1

——ぎい、

微かに、どこかで紐の軋む音がした。

「……大丈夫ですか？」

「はい……大丈夫です」

運転席の芳賀に話しかけられながら、歩由実は返事をしていた。

「意志を強く持って、頑張って下さい。彼等《かれら》が引き受けてくれれば何とか無事に終わる可能性が出て来ます」

「……はい」

しきりに芳賀は、励ましの言葉をかけて来ている。

「あなたは生きる事、それだけを考えればいい」

「はい」

「そうすれば、お父さんに心配をかける事もありません」

「はい……」

黒塗りの車の中で、歩由実は答える。鬱陶しいほどに芳賀は話しかけて来るが、その方法論はそう間違ってはいなかった。ずっと一人で考えていると、何かに意識を持って行かれそうになるのだ。

放っておいてくれてもいいのに、そう歩由実は思う。

茫漠《ぼうばく》とした意識の中、歩由実は思い出す。


『……入るな！　入って来るな！』


そう叫ぶ、兄の姿。

優しい性格の兄だったが、発作が起こると人が変わったようになった。

最後の日も兄は発作を起こし、その直後に部屋から飛び出して、裸足《はだし》のまま家から走り出たのだ。必死で追いかけたが、兄は何かに取り憑かれたような速さで山に駆け込み、ようやく見付けた時には手遅れだった。

とうに兄は、首を吊っていた。

　　　　——だらん、

枝にぶら下がる、兄の姿。

ベルトで絞め上げられ、引き伸ばされた首。

自分もそのうち、ああなるのかも知れない。

自分もそのうち、首を吊るのかも知れない。

叫び出し、山に駆け込み、変わり果てた姿を、晒《さら》すのかも知れない。

兄のように、なるのかも知れない。


「……大丈夫ですよ。彼等は必ず引き受けてくれます」

返事以外は何も言わない歩由実に向かって、芳賀は喋《しゃべ》り続ける。

「ああ見えても彼等は善意の人ですよ。ひとり大きいのが反対していましたけど、あれは友達思いの男でしてね。空目君を面倒に巻き込みたくないだけなんですよ」

安心させるつもりだろうか、芳賀は一方的に喋り続ける。

「基本的にそういう男だから、あなたの話を聞いた以上は見捨てる事にも抵抗を感じてしまうでしょうね。こちらとしては都合がいい事に。当人は苛立《いらだ》たしく思うでしょうが、こればかりは性格ですからどうしようも無い」

いい男ですなあ、と芳賀は笑う。

「それに彼等は、断れません。そういうものなんです。きっと首を縦に振りますよ。楽しみに待ってて下さい」

しきりに、芳賀は希望的な言葉を口にする。

「頑張って」

「……はい」

話しかける芳賀に、そのつど歩由実は返答して見せた。

少しは前向きに見えるように。そう思わせるように。波風を立てないように。だから芳賀は根本的な部分に気付いていなかった。下を向いたまま歩由実は顔を上げなかった。歩由実は膝に載せた自分の手の甲を、じっと見詰めていた。

両の手は微かに震えていた。

強く握り締められ、真っ白になっていた。

何故ならば。
聞こえていたからだ。
今も、幻の、軋みの音が。

——おいで……
　おいで……

軋る音。

——おいで……
　おいで……

ぎい、と軋る。

——ぎい、
　ぎい、

おいで……

おいで…………


じっと歩由実は、息を殺して下を向いていた。

窓に映る芳賀の首に、首吊りの紐が一本、ぴん、と、真《ま》っ直《す》ぐに掛かっていた。

2

町の特色は駅に出るという。

特に景観の町にとって、駅とは入口でありシンボルであり、また顔であると。

駅は最初に来訪者を迎える場所だ。だから初めてその町に来た者は、嫌でも最初に駅を目にする事になる。

だから駅は顔なのだと。

事実、都市によっては駅そのものがシンボルである場合もある。

駅は顔。

町のシンボル。

だとすると――この町が気にしない筈が無い。

羽間市が、気にしない訳が無い。

『羽間駅』

町のシンボル。麗しき金喰い虫。

この町の方針は、強く景観の維持に特化している。そんな街の中心であり玄関口の、赤煉瓦で外観が組まれたクラシックな駅は、規模からすると破格の費用で建てられた、言わば町の見《み》栄《え》の象徴とも言うべき建築物だ。

とは言え実用としては、ホームが3つの、土産物屋以外の商業施設と連結している訳でも無い、通り過ぎるだけの駅である。

「お……っと……」

そんな駅のエントランスホールで、待っていた列車が到着したのを見た武巳は、持っていた甘い缶コーヒーの空き缶を、無造作にごみ箱へと放り込んだ。

そのまま改札の前まで行って立っていると、知らない人の波に混じって、程なく目的の人物が現れる。武巳は迎える。気分的には旗が欲しい。改札から出て来た稜子は、やや疲れた様子で、大きなバッグを肩から下げていた。長旅ご苦労様、と言ったところだ。

「……よ、おかえりー」

そう言って手を上げた武巳の姿を見付け、笑顔を浮かべて稜子は手を振った。

「あ、武巳クンだ。久し振りー」

「久し振り、ったって二週間くらいしか経ってないだろ。まだ」

そこからいつものように稜子が軽口で応じ、武巳がさらに軽口で応じる。

「久し振りに日にちなんか関係ないよ」

「え……何か良いこと言った風だけど、意味が判んないぞ」

「うん、言ってる自分でも判んない」

「お前なー……」

そのまま、二人で顔を見合わせて笑う。

武巳は帰省先から戻って来た稜子を迎えに、羽間駅までやって来ていた。

稜子は今まで実家に帰っていたのだが、それは姉が突然亡くなり、葬式のため終業式を前に急遽《きゅうきょ》実家に帰る事になってしまったのだった。そしてそのまま夏休みに入ってしまったので、武巳が稜子と合うのは約二週間振りになる。帰省の理由が理由なので、武巳は稜子が塞ぎ込んでいないかと心配していた。稜子が今日、羽間へと戻って来たのも、今年はできるだけ友達と居たいという理由らしかった。普通は一旦帰省すれば、夏休みが終わるまで戻って来たりはしないものだ。それだけ稜子が追い詰められているのではないかと、武巳は心配していた。

「……でもまあ、久しぶり」

だが今のやり取りで、武巳は少し安心する。

見たところ、普段と変わらない様子だ。

「お姉さんのお葬式、大丈夫だった？」

だから、武巳はそう訊いたのだ。

だが――


「…………！」


瞬間、稜子の表情が翳《かげ》ったのを見て、しまった、と武巳は思った。

武巳の心配はあながち間違いではなかったのだ。稜子が羽間を発《た》った時、ほとんど茫然自失《ぼうぜんじしつ》状態だったのを思い出した。つまり稜子は地元に居ると際限なく落ち込むので、気を紛らわすために家を出てきたのだった。

「……ま、まあ、長旅お疲れ」

武巳は慌てて、自分でも気が利かないと思う台詞を言う。

「うん……」

稜子は頷き、幾分気を取り直した顔で武巳を見上げる。

「そう思うなら、バッグくらい持って欲しいかなー」

「あ、そ、そっか。悪い」

冗談めかした稜子の言葉を、心配と動揺のあまり真に受ける武巳。そうして済《な》し崩《くず》し的に荷物を持たされながら見ると、稜子は周りを見回して、何やら感慨深げな表情をしている。釣られて武巳も周りを見回したが、何か変わったものがある訳でも無い。

「……どうかした？」

「あ、うん……こうして改めて見ると羽間市って『別世界』だなって……そう思ったの」

「へ？」

しみじみと言う稜子の言葉に、武巳は不思議そうな顔をした。

仮にも普段住んでいる町だ。別世界と言われても首を傾げざるを得ない。

「あ、その顔は理解してないな」

稜子は小さく笑う。

「ごめん……」

武巳は認める。そして訊ねる。

「どういう意味？」

「つまりね、羽間市って普通の町と比べると景色が変でしょ？」

「うん」

それは間違いなくそう思う。砂岩タイルの建物と古い洋風の町並みが、町の景観保護条例で厳しく保護されている。

「それでね、駅から出た途端、日本じゃない所に来た気がしちゃった」

「そんな大袈裟《おおげさ》な」

武巳は駅前を見回して率直に言う。いくら何でも現代の日本の、現在進行形で日本人が住んでいる土地だ。少々特殊ではあるが、日本の街である雰囲気は隠し切れていない。

何より歴史的景観を売りにはしているが、実際に歴史のある建物があるのはごく一部で、後はそれっぽく条例に従っただけのハリボテみたいなものだ。実際に住んでいると、その辺はよく見える。

「私たちは見慣れたけど、この駅前って力が入ってるよ？　外から帰って来てみて、改めてそう思ったもん」

だが稜子は言う。

「電話ボックスだって凝ってるし、初めて来た人は絶対テーマパークに来たみたいに思う筈だよ。武巳クンも最初はそう思わなかった？」

「うーん……」

武巳は首を捻る。言われてみれば、最初は少しくらいは、そんな事を感じた気がしないでも無い。しかし武巳は元々、余所《よそ》の土地に行ったからと言って、駅を出てすぐの景色に旅情などを感じるタイプの感性では無かった。小学校から中学校にかけて、何度か引越しをした経験の所為《せい》かも知れない。

「まあ、テーマパークってのは一種の『異界』の演出だって言うもんな。テレビでそんなこと言ってたような」

なので、どちらかと言うと羽間市の景観の取り繕いに対しては冷笑的に見ていた自分の考えは脇に置いて、そう稜子の話に乗る。

「そうそう、それと一緒だよ。観光地の景観保護だって、要するに非日常の場所を作ってるんでしょ？　この街だって似たようなものだから、一種の異世界だしテーマパークだよ」

「そーかなあ……そんな大層なものじゃ無くないか？」

「でも学芸都市じゃない？　学校の町。それってつまり子供の町って事でしょ？」

「あー、なるほど、子供の町かあ。『ピノキオ』だっけ？　誘拐されて、遊ぶうちにロバか何かに変えられて強制労働させられるやつ」

「武巳クン……せめてネバーランドの方にしようよ」

「え？」

でも『ピノキオ』の方が合ってるような気がするけどなあ、と武巳は心の中で呟いた。学校という場所には、その感覚がよく似合ってる気がする。

「むー……」

二人で歩きながら、夢を壊されたのか稜子は膨れていた。が、すぐに武巳の方を振り向くと訊ねて来た。

「……そういえば、他のみんなは？」

「ああ、ちょっとね……」

どう説明しようかと、武巳は一瞬逡巡した。本来、ここには全員で迎えに来る予定だったのだ。しかし結局、駅までやって来たのは武巳一人だった。他は、まだ空目の家にいる。

何故かと言うと――揉めているのだ。

芳賀の持ち込んだあの話を受け入れるかどうかで、三人はまだ話し合っている。

「……話せば長くなるんだけどさあ……」

そう言って武巳は最初から説明を始める。芳賀が空目の家に皆を集めた事。芳賀は歩由実を連れて来て、彼女に関わる怪現象の解決を空目に依頼してきた事。

そしてその是非を巡って、いま三人が揉めている事。

武巳はそれらを順を追って、稜子に説明した。

稜子にとっては寝耳に水の話だろう。驚いた顔で聞いていた。

「え？　じゃあ、今から魔王様の家に行くの？」

「うん、みんな陛下ん家《ち》で待ってるよ」

「へえ、楽しみ。魔王様の家なんか見た事ない。興味ある」

「それは解るけど……いま問題なのは怪奇現象の方だよ。けっこう怖い話でさ……」

複雑な表情で言う武巳。聞いた現象は確かに怖く、同情もするのだが、それ以上に歩由実の状態自体が武巳にとって恐怖だった。明らかに、あれは精神を病んでいる。

「へえ……」

稜子は案の定、興味を示した。

「どんな話なの？」

「えーっと……」

武巳は一連の首吊り話を、思い出しながら稜子に話す。歩由実の兄の奇怪な自殺。日に日に近付いて来る首吊りの影。そして原因となった、知らない間に紛れ込んだ図書館の本に話が及ぶに至って——武巳はようやく、稜子の顔色がひどく悪くなっている事に気付く。

「あ……」

そこで武巳は自分の迂闊《うかつ》さに気付く。

稜子の姉がどうやって死んだか、武巳はすっかり失念していたのだ。

「あ………そ、そうか、ごめん」

武巳はたじろく。今の稜子に首吊りの話など、どうかしている。

「悪い、気付かなかった」

「ううん……」

大丈夫と言いながらも、稜子は青い顔で口を押さえる。

「大丈夫か？」

「うん、大丈夫……」

うろたえる武巳。稜子は俯き、もう一度『大丈夫』と繰り返すと、不意に上目遣いに武巳を見上げ、真剣な声で質問した。

「…………ねえ、その本って、『ナラナシトリコウ』とか言わなかった？」

「へ？」


想像もしていなかった問いに、武巳は目を丸くする。

首吊りの事じゃなかったのか？　混乱しながら武巳は答える。

「本の題名の事？　確か題名の話はしてなかったと思うけど……」

「そう……」

稜子は口元に手をやったまま、目を閉じる。

「……どうしたんだ？」

「あ……うん…………少しね、気になった事があるの」

「なにが？」

「えっとね…………もし、わたしがその〝本〟を見たかも知れない、って言ったら、武巳クンどうする？」

「は？」

何を言っているのだろう。武巳は言葉に詰まる。

「どうするって……」

「私、見たんだよ。図書館の覚えの無い本……」

武巳は冗談かと思い、思わず相手をまじまじと見る。だが稜子の表情は真剣そのもので、冗談を言っているようには見えない。武巳の顔から血の気が引く。

「…………まさか…………」

「……うん、多分……そのまさかだと思う…………」

稜子は泣き笑い寸前の顔をする。

「……私がね、図書館から借りた本に、覚えの無いのが一冊混ざってたの。持ち出し禁止で、お姉ちゃんが返して来るって言い出して、そのまま…………」

「わ、わかった、もういい！」

だんだん稜子の声が湿っぽくなってきたので、武巳は慌てて制止した。

「とにかく陛下の家に行こう！　それから全部、陛下に話そう！　……な？」

「うん………」

武巳の必死の言葉に、稜子が頷いた。

稜子は目を伏せて、武巳の服を掴んだ。

3

デスクに書類棚、そしてパソコンがあるだけの執務室。

その殺風景な部屋で、芳賀は携帯電話の応対をしていた。

「そうですか、引き受けていただけますか。有難《ありがた》い」

芳賀は笑みを浮かべて話しかける。

「あちらにも伝えておきましょう。喜ぶと思いますよ？」

『そうか』

電話の向こうは素っ気無い。

窓の無い部屋なので判り辛《づら》いが、もう時間は夕刻だった。この時間になって、空目は依頼を引き受けると電話で伝えて来たのだった。空目の口調からは窺《うかが》えないが、慌てて決定したに違いない。予想以上に食い付きが早かった。場合によってはこちらから仄めかしてやる必要があるかと思っていたのだ。

芳賀は言う。

「村神君は、意見を変えたのですね？」

『とぼけるな』

空目は断定的に言い切った。

『知っていたな？』

「ばれましたか？」

『カマをかけた』

「……ま、隠すつもりもありませんでした。日下部さんが関わっているなら、君達は断れなくなるでしょう？」

芳賀は認める。

『気に入らんな』

「稜子さんの姉、霞織さんの自殺は、最初から同系列の事件だと予想していました」

空目の抗議を無視して、芳賀。

「紐を木の枝に掛けての縊死《いし》なのですが、踏み台等を使った形跡が全く無かったらしいのですな。この時点で気付いていました。そして実は、同じ場所で、全く同じ死に方をした方が、一人いましてね」

状況が不審な死は、全て〝機関〟に報告されるシステムになっている。

『……それは、あの先輩の〝兄〟か？』

空目が訊ねる。

それに対して、芳賀が答える。

「違います」

『……』

む、と意外そうに一瞬沈黙する空目。

「そう考えるのは当然ですが、こちらは十年程前の話です」

『それは何か関係があるのか？』

「不明です。しかし確度は高いと思われます」

そして芳賀は言う。

「歩由実さんの、祖父に当たる方なのですよ」

『祖父？』

「無関係とは考え難い。何らかの関係があると見て問題は無いでしょうね」

『…………』

電話の向こうが沈黙する。考えているのだろう。

これで網にかかったようなものだ。可能性を仄めかして空目を巻き込めば、もう霞織の用は足りている。実際、霞織の事件が無関係である確率も充分高い。

だが稜子に危害が向かう可能性が完全にゼロにならない限り、いかに可能性が疑わしくとも空目は事件に関わらざるを得ない。もし事件の類似に彼等が気付かなければ、芳賀の方から情報を流していただけだ。

歩由実と霞織の二つの事件は、相似が見付かった時点で全て計画に組み込まれている。いずれにせよ、空目には断れないようになっている。

芳賀は問う。

「霞織さんが首を吊った経緯はどうでした?」

『あの先輩の兄と同じく、図書館で紛れ込んだ本のようだ』

「ほお」

『例の冊子の可能性がある、本の名前を日下部が憶えていたぞ』

「……題名は、何です?」

『〝ナラナシトリコウ〟』

「……」

芳賀は沈黙した。

『著者は大迫栄一郎。百ページ前後の薄い冊子だそうだ。日下部が図書館から借りた本に混入していて、日下部の姉が〝返して来る〟と言って持ち出したらしい。姉はその途中で中身を読んだ可能性がある。日下部自身は、本文には目を通していないようだ』

「…………なるほど」

通話しながら、手元のパソコンを操作して検索結果を出す。

「……大迫栄一郎の著書に〝ナラナシトリコウ〟というものはありませんね」

『確かか？』

「少なくとも公に出版している書籍の中には存在していません。彼の著作は我々の間で危険視されていて、通常のルートで出版されるものは全てチェックされて、いくつかは差し止められています。本物の〝異存在〟の『物語』がかなりの確度で含まれているのですな。例えるなら出版を通じて、危険な病原菌をばら撒《ま》いているようなものでして」

ふむ、と説明をしながら芳賀。

「……題名の〝読み〟か著者名、どちらかが間違っている可能性はありませんか？」

『不明だ』

芳賀の問いに、空目は即答する。

『それは日下部の記憶力を、どこまで信用するかが全てだ。だが著者名については、あやめに関する事件の時に出てきた名として憶えていた。だから印象に残っていたらしい』

「なるほど」

『いくつか聞きたい』

　空目が言った。

「どうぞ」

『〝公の出版〟と言ったな？　自費出版はどうだ？』

「分かりません。公の販売ルートに回らない物に関しては、チェックの方法がほとんど無いのが実情です」

　芳賀は答える。

『そうか』

「さらに言えば、大迫栄一郎に関しては自費出版を行う必要があまり無い作家です。彼の著作は所謂《いわゆる》〝トンデモ本〟という分類をされる物ですが、その中でも割と人気の高い方です。わざわざ自費出版を行う可能性は低めです。ただでさえ自費出版本は部数が少ない。〝我々〟から見た蔓延《まんえん》の危険性も大きく落ちます。なので自費出版に関しては、何かが起こってから調べ始めざるを得ない。そして大規模な出版でない以上、それで事は足りるのです」

『……』

　しばし、空目は沈黙する。

『…………著者を当たる事は？』

「調査の方向性としては悪くありませんね。ですが不可能です」

『なぜだ？』

「大迫栄一郎氏はすでに故人だからです。十年程前に死亡しています」

『……』

「十年前の時点では、自費出版も現在ほど広く行われている訳ではありませんでした。当時に自費出版されたとしても、もう十年以上経っていますから、人気の著者のプレミア本として知られている可能性の方が高いですね。まあ、調べてみなければ判りませんが」

考え込む様子の空目。そして芳賀はあからさまな態度で沈黙し、空目が次に何か言い出すのを待つ。

やがて空目は言った。

『……偶然ではないんだな？』

「何がでしょう？」

『大迫歩由実と大迫栄一郎、姓の一致は無関係ではないんだな？』

「そうです。お察しの通りです。作家・大迫栄一郎の本名は大迫摩津方《まつかた》。大迫歩由実さんの祖父に当たる、例の首を吊った人物です」

ほぼ確信した様子で言う空目に、芳賀は「その言葉を待っていた」といった調子で、それを肯定した。

「しかし偶然であるかないかという話になりますと、どちらでもあるとしか言いようがありません。〝異存在〟を相手にする限り『偶然』と『必然』は区別できません。『因縁』とでも呼ぶべき『偶然』を引き寄せる特性を〝異存在〟は持っています。予定調和と言ってもいい。君の思考は科学的で冷静ですから簡単にその結論には飛び付きませんが、本能的には知っているのでしょう?」

『……』

空目は答えなかった。代わりに質問を返す。

『過去の事件の詳細は?』

「おおよそ十年前、摩津方氏は聖学付属の敷地近くで首吊り自殺しました」

芳賀は答えた。

「校舎が現在のものでなかった頃の事でして、地元の名士の自殺でしたから当時は随分話題になったと記憶しています。当時七一歳。自殺に際して使用した踏み台が見付からず、警察は首を捻ったようです。もっとも彼は我々の言う〝スジモノ〟でしたから、詳しくは隠蔽されました。あまり奇妙な情報を公開すると、何が起こるか判りませんから」

『スジモノ?』

「ええ、〝異存在〟と関わりが深いと思われる人間を、現場のスラングでそう言います。普通は反社会的なものとの関わりがある人物の事を言いますが、それに我々特有の事情になる憑物《つきもの》筋などの概念が掛かっているようです。正式名称は別にありまして、〝処理規定〟への抵触の度合いで変わります。まあ他にも、いろいろありますが。

摩津方氏の場合は〝一級被疑者〟ですな。問題著作の著者でしたし、本人も『魔術』の実践を行っていたフシがあります。魔術結社の主催として、その筋で有名でもありました。地元の名士にして異端の学者、同時に魔術師だった訳です。ゴシックホラーが似合いそうな設定ですな」

芳賀は鼻を鳴らす。

『……大迫と日下部に血縁でもあるのか？』

空目は疑問を口にする。

「調べた限りではありません」

『ならどうして、日下部の姉まで首を吊る事になった？』

「さあ？　それを調べるのが君の仕事ですよ」

『その祖父とやらが、〝何か〟を喚《よ》び出したか？』

「その可能性も充分にありますね」

『……』

空目の考え込む気配。やがて淡々と、空目は芳賀に向かって告げた。

『…………まさかお前らが、俺を巻き込むために、わざわざ日下部の姉を吊るした訳ではないだろうな？』

「まさか！　流石《さすが》にそれは勘繰り過ぎというものです」

芳賀は笑った。

「我々は防疫機関であり、あくまでも人間を守る事が仕事です。無関係な一般人を巻き込む事など絶対に致しません。完全に誤解です」

『そう願う』

その口調からは、芳賀の抗弁を信じているかは判らなかった。

『……では、これが最後の質問だ』

空目は続けた。

『お前らの言う〝異存在〟は、書物を媒介にする事もあり得るのか？』

「ありますよ」

芳賀は答えた。

『前例も？』

「もちろんです。なので我々は出版物の監視も行っています。〝異存在〟の本質は〝情報〟です。知れば『異界』に繋がる『物語』ですから、仮にも物語という形態である以上は書物にならない訳がありません。内容がアングラなものになりがちなので数が少ないだけです。『魔道書』に魅入られるような話が、たまにあるでしょう？　前にも言ったように、『異界』の知識はそのまま本人を害します。そして書物というのは知識の顕現です。禁断の知識が形になっているとなると、それは噂話《うわさばなし》などよりよほど危険なものです。その意味するところは、君ならば判るでしょう？

読書という行為は、我々の研究によると一種の催眠的効果を持っています。催眠状態を作り出す方法はいくつかありますが、一定のリズムを持つ感覚刺激を与え続けるというものが代表として上げられます。瞬《またた》くライトや、言葉で徐々に誘導して行くという方法がそれです。そう考えますとね、文字を追うという行為も似たような効果を引き起こす訳です。人が本を読む時は、自分の頭の中でリズムを付けて読む。そのうち本に集中し、没入して行く。時間を忘れるくらいに……覚えはありませんか？」

『ああ、ある』

「引っかかりの無い、磨き込まれた文章ほど、この傾向は顕著です。さらに文章自体が意味を持っているので、容易に読み手に暗示を伝える事もできます。我々〝機関〟の扱う『デルタ式異障親和性テスト』も、恐らく原理的には似たものを使っています。まだ確認されていませんが、催眠誘導を目的とした文章が作られる可能性もあります。

ともかく……本という媒体には危険なものも含まれています。突き詰めればそれは〝情報〟で、究極的には〝異存在〟と同じものです。催眠状態で『霊感』が発現する可能性を考えればさらに危険性が増します。と、なると、歩由実さんや霞織さんの見た本がそれである事も充分に考えられます」

『その第一の容疑者が――――〝ナラナシトリコウ〟』

そこで、空目が言う。

「そうですね。調べてみる必要があるでしょう」

芳賀は頷く。

『それも俺がやるのか?』

「いえ、媒体のハード面を個人で調べるのは手間がかかるし、難しいでしょう。そちらは我々が受け持ちますよ。君達はソフト面から当たって下さい。お互いその方が得意でしょう。私は組織、君は知識」

『分かった』

「話が早くて助かります」

そして話を終えようとした時、不意に空目が言った。

『……一応言っておくが』

「なんでしょう?」

『日下部が〝感染〟している可能性は低い。手出しはするなよ?』

お前らの手口は判っている、とばかりに、そう釘《くぎ》を刺す。

「ええ、分かっています」

平然と答える芳賀。

そのまま白々しく話を流して、まとめに入る。

「……では歩由実さんにも伝えておきます。早速明日からお願いできますね？」

『ああ』

「では詳細が決まりましたら連絡します。健闘を祈ります」

『……』

空目は素っ気なく、返答も返さない。

「それでは、よろしくお願い致します。何か問題がありましたら、連絡を」

『分かった』

言い終わると同時に、電話は切れた。

無機質な部屋に、芳賀から苦笑が漏れた。珍しく人間的な反応だった。

四章　黄泉《よみ》の果実

1

羽間の山近くの郊外。市の条例が守る景観ができ上がるよりも、ずっと昔から人が住んでいた古い地域に、歩由実の家はあった。

塀に囲われた日本家屋。建物は流石に建て替えられたものだが、敷地は昔からあるそのままで、庭に歴史を感じる、そんな屋敷だ。

周辺にはそんな古い家が多く、周りには田畑が目立つ。最近になって新しい住民が増え始めたらしく、新築の家やアパートも見かける。学校からも比較的近く、女子寮や亜紀の自宅が十五分ほどの距離にある。

そんな歩由実の家に、朝から皆は集まっていた。

歩由実の遭っている怪現象を調べるため、急遽やって来る事になった調査チームだった。

要するにいつもの面子《めんつ》だ。俊也は憮然とする。いつから文芸部は御祓《おはら》い部になったのかと。誰も疑問に思わないのだろうか？

「……さて、始めるか」


そんな歩由実の家の、二階の廊下。

歩由実の自殺した兄の部屋のドアの前で、俊也は腕を組んだ。

稜子の帰還で状況が急展開し、結局この調査とやらを引き受ける羽目になったのだ。今日は手がかり探しのため、歩由実の家を捜索する。渋々ながらの仕事だが、こうなってはもう仕方がない。

俊也に空目、亜紀、あやめ。その四人で部屋の捜索に当たる。

残りの武巳と稜子の二人は、歩由実の相手をして貰う役目になった。

捜索に加わらないその三人には、一階に居て貰う。

一つは、歩由実の安全のため。

一つは、歩由実からの安全のため。

正直なところ、俊也は歩由実を危険視していた。俊也の見立てでは歩由実は非常に精神が不安定で、何をしでかすか判らない存在だった。

先程見た限りでは、歩由実は落ち着いていた。

だが一見した普通さも、昨日のあれを見た後では何の保証にもならない。武巳と稜子には、少しでも何かあったらすぐに呼ぶよう言い含めている。はっきり言って俊也はそれでも不安に思っているが、それぞれの優先順位でこうなった。

ともあれ今、歩由実の兄の部屋のドアの前に、四人が立っている。

歩由実の家は和洋折衷だ。一階は完全に日本家屋だが、二階は洋間に作ってあった。一階に父親が起居し、二階に子供の部屋がある。歩由実の部屋も、この二階にある。

廊下に並ぶ、いくつかのドア。

それを見ながら、俊也はやがて溜息を吐く。

「……結局こうなったか」

ドアの前に立って、改めて嫌な気分が蘇った。

「だから俺は嫌だったんだ。あの〝黒服〟に関わるのは」

言いながら、その長身を壁に寄りかからせた。最初から反対していた俊也としては、色々とやり切れないものがある。

稜子を人質に、作業を強制させられているようなものだった。

何やら嵌《は》められたような気配がするのも、俊也の苛立ちの大きな原因だ。

「……ま、しょうがないね」

と亜紀。何だか悟ったような言い方をする。

「本当に仕方ないと思うか？」

その言い方が微妙に気に障って、俊也は訊ねた。

「思うね」

亜紀は言った。

「理由はいくつかあるけど、言ってもあんたは納得しない」

腰に手を当てて、亜紀は皮肉気な目になった。

「……何でそうだと判る？」

「判るよ」

「勝手な想像だろ」

「そだね。でも自分でもそう思わない？　何を言われても納得できそうにない、って」

「…………」

俊也は黙った。気に入らないが、確かにその通りだった。今は何を言われても受け入れられそうに無い。

「……開けるよ？」

亜紀はドアノブを握り、皆を振り返る。

「ああ」

仕方なく、俊也は頷いた。どちらにせよ、いまさら抜ける気も無い。なるようになれ。俊也は再度、溜息を吐いた。

*

「……」

ドアが半分ほど開いたところで、空目が眉を寄せた。

「どうした」

「甘い香りがする。果実か?」

空目は鼻を鳴らし、しきりに部屋から漏れ出す空気を気にし始めた。

当たりか。俊也は顔を顰める。俊也はその甘い匂いとやらは感じない。何か普通でない匂いを空目は感じ取ったようだ。

こうなれば、ここに何かがあるのは、恐らく確実だ。

最悪、ドアの向こうには〝別の世界〟がある。

亜紀はドアを開け、脇に避ける。

空目が、部屋を覗き込む。

「……異常は無いな」

「見た目はそうだな……」

俊也も後から覗《のぞ》いたが、部屋には変わったものは何も無かった。

もちろん果実どころか、甘い匂いもしない。

「綺麗なもんだね」

そう、亜紀が感想を言う。亜紀の言う通り、その部屋は几帳面《きちょうめん》に整頓されている。

その整頓振りは、それだけでかつて持ち主であった人間の性格を窺わせるものだった。

「……それとも死後に片付けたか？」

「いや、机も本棚も整理されている。本人が使っていたそのままだろう」

俊也の呟きに、空目が部屋に目を走らせながら言う。本棚は専門書からコミックまで完璧に整理して並べられ、机の上も既製品を改造したと思われるペン立てと小物入れで、几帳面に文具が陳列されていた。その生活感が無いほどの整頓ぶりは、大雑把な俊也の神経では信じられなかった。

余計な物が無いという点では、俊也も共感するのだが。

そんな風に眺めていると、

「あやめ、どうだ？」

空目がそう言って、後ろを振り返って言う。

「あ、はい……」

皆の後ろからおずおずと覗き込んでいたあやめは、空目の言葉に応えると、静かに部屋の入口へと立った。

そして、すう、と目を細める。

目の前にある景色の、その少しだけ向こうを見ているような、微妙に焦点の合っていない目で部屋を見渡す。


〝幻視〟


現《うつつ》との境界を越えて、『異界』を覗き込む行為。

元々人間では無いこの少女は、意志が希薄な代わりに『異界』に対して非常に強い感応力を持っていた。

常に身の半分を『異界』に置く、〝接点〟として。

「…………〝向こう〟と接してはいない……と、思います。ただ……残滓《ざんし》はあります」

やがて、あやめは呟くように言った。

「どんなだ？」

「巨木……です。大きな実をいくつも付けています」

「種類は？」

「あの……ごめんなさい。判りません。多分〝向こう側〟の木です。根元の太い、捩《ね》じれたような木です。青い葉と……えっと、あと……実が梨に似てると……思います」

「梨？」

空目が目を細める。

「あ、はい。大きな梨の実が……あ、いえ……梨に似ている……実です」

「……」

あやめの幻視。

どういう風に見えているのかは知らないが、ひどく自信が無さそうにあやめは言う。

空目は腕組みする。そして香りの正体を探ってか、静かに眉を寄せる。

「……確かに梨の実に近い香りだな」

そして、ぼそりと呟いた。

「恭の字、どうする？」

入り口で待っていた亜紀が訊ねる。

「ああ、問題ない。予定通り始めよう」

「ん」

空目の答えに、亜紀は頷いて部屋に踏み込む。

「村神、上の方お願い」

「おう」

そして手分けして部屋を調べ始める。棚の上や、押入れの天袋にある物を、俊也は次々床に下ろす。だが実のところ、何を探せばいいのか判っていないというのが実情だ。

何も手掛かりが無い状態からのスタートだ。

何でもいいから見付けたいという状況。さらに言えば、ここでは何も見付からないという事も充分に考えられた。

しかし空目は、この部屋から不審な香りを嗅ぎ取った。ならば見付かるかも知れない。あまり見付かって欲しくは無いが、空目が〝何か〟を嗅ぎ取って、外した事は殆ど無い。何かが見付かる可能性はかなり高いと俊也は踏んでいた。

その空目は、先程から大きく部屋を見回している。

どうやら細かい部分では無く、香りの元を辿っているようだった。

「……日記があるね」

しばらくして、本棚を調べていた亜紀が、棚の一角にそれを見付けた。

何年も書き溜《た》めていたらしく、かなりの数の大学ノートが棚に並んでいた。ぱらぱら開くと手本のように正確な字が並んでいる。一番新しいものを見ると日付は半年以上前だった。最後のページいっぱいまで使われていた。

「……ここで止めちまったのか？」

「〝病気〟を仄めかすような事は書いてないね」

俊也と亜紀で、もっと新しいものが無いかと調べた。しかし並べられていた日記の順番は正確で、その他に日記のようなものは見当たらなかった。〝病気〟の間は書けなかったとしても不自然だ。

「……最新の日記帳が無いな？　これは」

空目が言った。亜紀が顔を顰める。

「抜き取られてる？」

そうなると一つの可能性が浮かんで来る。

「て事は――――手掛かりが隠滅されてる？」

俊也も同じ事を考えた。不機嫌な顔をして言う。

「だとしたら、誰がだよ。何のために？」

「知らないよ」

亜紀が切って捨てる。

「でも、普通に考えたら第一容疑者は本人でしょ？」

「……なるほどな」

亜紀は肩を竦め、俊也も息を吐いて気を落ち着け、大人しく作業を再開した。まだ何も判っていないに等しいのに、何者かの関与を疑ってもキリが無い。この状況がそもそも不満なので無闇に攻撃的な思考になるが、空目の邪魔になっては本末転倒だ。

「…………」

俊也は棚に入っている、他の物を検め始めた。

洋楽のCD、小説にコミック、それから様々な専門書。趣味か専門かは不明だが、専門書の多くは民話研究などの民俗学のものだ。専門として学んでいたかはともかく、興味があったのは間違い無いらしい。それらの本を、一冊一冊ぱらぱらと捲る。家宅捜索といった気分だ。中にメモなどが挟まれていないか調べる。

だが、そういったものが挟まっている様子は無い。専門書にあるのは付箋と書き込みばかりで、調べれば調べるほど生真面目な学生という実態が浮かび上がって来た。亜紀が机の引出しを開けたが、中には机の上と同じく小物や文具ばかり入っていた。こちらも空き箱などで引出しが区切られ、綺麗に整頓されていた。

「神経質な奴《やつ》だな」

覗き込んだ俊也は言う。

亜紀は黙って中身を検めつつ順番に引出しを開けて行く。だが一番下にある大きな引出しが開かない。

「……鍵かかってる？」

「貸してみろ」

俊也も手を伸ばし、引出しを引く。がん、とした手応え。何かが引っかかっているといった不調ではなく、間違いなく施錠されている。

「———そこだな」

そうこうしていると、いきなり空目が言った。

「は？　何がだ？」

「そこだ。香りの元は」

空目は俊也が手を掛けている引出しを指差した。亜紀がすぐに理解して、部屋の中を見回して言う。

「誰か、鍵、見なかった？」

「……いや、たぶん見てねえ」

俊也は首を横に振る。

「引出しの中には無かったと思うけど…………もっかい探してみようか」

「壊していいなら、すぐ開けられると思うが？」

俊也は言う。机は会社にでも置いてありそうな普通の事務机だ。その程度の鍵ならば俊也にとっては玩具に等しい。

「そういう訳にもいかないでしょ……誰か、先輩に鍵知らないか聞いて来て」

亜紀は部屋の一同を見回す。

「それとも私が行く?」

「あ、私が……」

あやめが答え、ぱたぱたと廊下を走って行った。誰という訳でも無く、部屋に短い沈黙が降りた。無言で家探しをする音だけがしばらく続く。

「…………おい、空目」

しばらくして、俊也は言った。

「何だ?」

「お前、この件は安全だと思ってるのか?」

「……どういう意味で言っている?」

壁に背を預け、眉を寄せて俊也。空目は少しだけ不思議そうな調子で訊き返す。

「色々な意味だが――――まずは日下部だな」

俊也は言う。

「話を聞く限りでは、先輩と日下部の繋がりは唐突過ぎる。お前は関係あると言ってこんな所まで来たが、無関係じゃねえのか?」

ずっと思っていた事だ。

「ああ……それは私も少し思ったね」

　亜紀も同調する。

「稜子がパニックを起こすのは判るよ？　ああいう娘だから。でも恭の字まで確信してるのは信じられない。仮に稜子の姉さんが〝本〟のせいで首を吊ったのが事実だとしても、先輩の件と関係するかは疑問だね」

「そういう事だ」

　頷く俊也。

「日下部に〝何か〟が起こるとしても、それなら日下部の〝何か〟に専念すればいいだろ。俺には日下部の件を口実に、わざわざ先輩の件に首を突っ込んだようにしか見えねえ。判ってるのか？　自分のやってる事が。先輩にまで義理は無ぇんだぞ？　〝黒服〟どもの言う事を聞いてやる義理はもっと無い」

「……」

　空目はそれを聞いて、目を細める。

　しばらく、俊也と空目は睨《にら》み合《あ》った。

「……ま、私はどっちでも恭の字を手伝うけどね」

　沈黙の中、亜紀がさっさと梯子《はしご》を外す。

　俊也は、溜息をひとつ吐いた。そして睨み合っていた視線を外すと髪を掻《か》き毟《むし》り、憤懣《ふんまん》と諦めを混じらせて言った。

「まあお前は、もちろん判っててやってるんだよな……」

「済まんな」

空目は静かに言う。

「ちっ……取《と》り敢《あ》えずこれだけは聞かせてくれ。日下部と先輩の件、お前は本当に関係あると思ってるのか？」

「不明だ。だが同じである確率は、かなり高いと思っている」

俊也の問いに、空目はそう答えた。

「本当かよ。なら、日下部に〝何か〟ある可能性は？」

「さほど高くないと思う。日下部からは、先輩の周囲に纏《まと》わり付いている〝甘い香り〟がしないからだ」

「……おい」

初耳だ。

「黙っていたが、初めから先輩の周囲には〝甘い香り〟が漂っていた。この部屋のものと同じだ。これは日下部からは感じない。これを根拠にするなら、日下部は今のところ安全だ。だが何か引っかかる。ゼロだとは正直言い切れない」

淡々と言う空目を、俊也は腕組みして見据える。

「……そうか」

そして、ふん、と鼻を鳴らし、俊也は本を検める作業に戻った。それだけ聞けば、これ以上ここで何かを言うつもりは無かった。

また、しばしの沈黙。

座り込み、床に積み上げた本を調べる俊也に、空目が声をかける。

「……気に入らないのは判っている。降りるなら、自由だぞ？」

「それ以上言ったら怒るぞ」

俊也は振り向きもせずに、答えた。

「分かった」

空目はそれだけ言うと、何事も無かったかのように、開かない引出しへと目を戻した。

それきり、先程の会話は無かった事になった。

黙々と捜索作業に戻る。

亜紀が、その俊也達の様子を横目で見ていた。

気のせいか、その表情は羨ましそうな、そんな表情に見えた。

「……あの……」

その時、ドアの陰からあやめが顔を覗かせた。

「……どうだ？」

「あ、はい……そこの鍵は見付からなかったんだそうです。お兄さんのお葬式の後、探した事があるらしいんですが……」

空目の問いに、あやめが答えた。

「そうか」

空目が眉を寄せ、目を閉じる。

「どうする？　空目」

俊也は問う。空目は是が非でも、ここを開けておきたいと考えているに違いなかった。

皆、しばし黙る。どうしようかと思っていると、あやめが口を出す。

「……あ、あの」

「何だ？」

「あ、えっと………鍵、壊しても構わないって、言ってました……」

おずおずと、あやめは言った。

三人は顔を見合わせる。

「……え？　あの……」

戸惑った表情で、あやめが亜紀達を見回す。俊也が溜息を吐いて言う。

「……そういう事は早く言ってくれ」

「あ…………ご、ごめんなさい……」

「それなら話は早いんだ」

謝るあやめを尻目に、俊也はボキボキと指を鳴らしながら机に向かった。亜紀が覗き込みつつ、俊也に訊ねる。

「どうやって壊すわけ？　道具が要るんじゃ？」

「無理矢理開ける」

その答えに亜紀が呆れた。

「できるの？　仮にも鍵だよ？」

「机の鍵の強度なんざ、たかが知れてる」

あっさり言って、俊也は引出しの取っ手に手をかけて、右足を机にかけた。引出しを引っこ抜くような体勢だ。静かに、呼吸も整える。

そして、

「よっ……と」

軽い掛け声。まだそれほど力を入れていなかったが、プラスチック製の取っ手が音を立てて壊れて取れた。

「ああ、やっぱりな……」

引出しは閉まったまま。俊也は落ち着いた動作で、壊れた取っ手を机の上に置く。

そして元々取っ手のあった窪《くぼ》みに指を突っ込んでグリップする。そしてそのまま今度は本気で力を込めて、引出しを引っ張った。

「……ふん！」

がん、と音がして、取っ手と留め金の部分が歪んだ。

「ふっ！」

音がくぐもったものに変わり、数ミリほど引出しが出て来た。

「ふん！」

べこん、と引出し全体が歪む。

「……ふんっ！」

そこでとうとう鍵が壊れて、大きく耳障りな音を立てて、がしゃん、と引出しが一杯に引き開けられた。

「ふぅ……」

俊也はぶらぶらと指を振る。指関節に鈍痛があったが、まあ問題は無い。

「……さすがに指が痛てぇな」

「ご苦労さん……って言うか、引出しどころか周りのフレームも曲がってるじゃん……これ壊れたの鍵じゃなくて机だよ」

ほぼ呆れた声で亜紀が言って、開いた引出しを覗き込む。

「…………本か……」

そして呟く。中にはいくつもの分厚い本が、パズルのように重ねて詰め込んであった。俊也や亜紀のように本を読む人種には馴染《なじ》みの深い、書店や図書館に満ちている紙の匂いが、引出しの中には澱んでいた。古い本特有の、あの埃《ほこり》っぽい匂い。

「匂いが完全に古本だな」

俊也はそう言ったが、空目は別の感想を持ったようだ。

「……引出しが開いた途端、例の果実臭が強くなった。強過ぎて〝こちら側〟の匂いが殆ど判らん」

「そうか、間違い無く何か碌《ろく》でもない物があるんだな。朗報だな」

皮肉を言って、俊也は引出しの中に手を入れ、一冊取り出してみる。最初に出てきたのはあちこちが剝げた革装丁の、古く分厚い洋書だった。表紙も中身も茶色っぽく変色していて、掠れた文字で、俊也には読解不能な、明らかに英語ではない綴《つづ》りで書かれたアルファベットが並んでいた。

「こいつか？　大元は」

「分からん。取り敢えず全部取り出そうか」

空目はそう言って、本を引出しから取り出し始める。最初の本のような古い様式の装丁がされている物や、単に日焼けした紙が紐で束ねられた物など、様々なタイプの洋書が次々と出て来る。

どれもこれも、博物館のガラスケース越しでしか見た事が無いような稀覯《きこう》な代物に見える本ばかりだった。十冊ほどがたちまち床に並べられた。古い紙と革の独特な匂いが、部屋の中に籠った。

「博物館ものだね……」

亜紀が呟き、銅版画と思《おぼ》しき図版が表紙の、紐綴《と》じされた紙束を手に取った。

本は非常に古く、紙がぼろぼろになっているものも多い。殆どが英語では無い不明な言語で書かれている。見るからに古書籍収集家の領分だった。俊也も読書家の部類だが、これらは完全に俊也の知識を越えていた。

「恭の字、それって何語？」

亜紀が、空目の見ている本を指差す。

「ラテン語だな」

空目は即答する。

「ほとんどがラテン語だ。ドイツ語とスペイン語もある。後は英語」

それぞれを見比べて文字を指でなぞりながら、空目は言う。

「読めるのか？」

「まさか。全部は無理だ。だが何の本かは見当が付く。オカルト文献だ、これは」

「オカルト……」

中身を捲ってみると、確かに魔法円らしき図版が見えた。中にはいかにも寓意《ぐうい》的意味がありそうな版画も載っている。

「そういう寓意画は『魔術書』には付き物だ」

俊也の開いたページをちらりと見て。空目は言う。

「そのタロットカードのような絵の中に、暗号のような形で魔術や錬金術や世界の奥義が隠されている。そもそもタロットの絵も意味のある寓意画だ。タロットも魔術から派生したものだという説もあり、魔術からタロットが派生した場合もある」

「ほーん」

興味無さそうに俊也。

「これは多分『ゲーティア』だな。こっちの豪華なものは俗に『ギャラントブック』と呼ばれた呪文書。この英語のやつには、著者の名に十六世紀の魔術学者ジョン・ディーとある。他はマイナーか、専門的過ぎて良く判らん。判るのは殆ど魔術書らしいという事だけだな」

空目は本の中の、いくつかを取り上げて言う。せめてこの辺りの原語が読めればな、と口の端を歪めたが、日本の高校生に何ヶ国語もの教養を求めても仕方が無いだろう。

とりあえず、それらの本に何かが挟まれていないか、皆で調べた。

崩壊寸前の古書をシャッフルするように捲る訳にもいかず、やたらと時間がかかる。

　それでも出てくるのは、ぼろぼろに崩れた紙の破片と、黴臭《かびくさ》い埃ばかりだ。スカートに落ちる白い埃に、亜紀が顔を顰めている。

「……恭の字……ん？」

　埃に音を上げた亜紀が空目の方を見たが、妙な声を上げた。

「どうした？」

　それに俊也が顔を上げて見ると、空目は一冊の革装丁の本を睨んでいた。かなり朽ちているが、表面にどす黒い塗料が塗られた革表紙の本だ。それを何度も引っ繰り返しては確認し、やがて鼻を近付ける。

「何だ？」

　俊也は訊ねる。

　空目はしばらく答えなかったが、やがて、

「これだ」

　と言って、本を開いた。

　それだけ言われれば、もう何の事だかは解る。

「それが梨の香りの元か？」

「ああ」

空目は答える。当然そう言われても俊也には梨の香りなどしないし、見た目からも到底梨の香りなどしそうに無い。

「その本は何なんだ？」

「記憶に間違いが無いなら、ここに書かれているのは一世紀頃に書かれた古く忌まわしい魔道書の名前だ。スペイン語だな。写本だと思う」

言いながら、空目は最初のページに書かれたタイトルらしき筆記体の文字列をなぞる。

そして次々とページを捲る。黄ばんだ紙が次々開かれ、文字が、図版が、次々と躍る。横から見ていた俊也はそれらを流し見ているだけだったが、何となく胃の奥から嫌なものがこみ上げた。理由も分からず顔を顰める。

空目はしばらくそうしていたが、やがて不意にページを繰る手を止めると、そこに挟まれていた一枚の紙片をつまみ出した。それは元の本とは違い、ノートから破り取ったような、少なくとも現代の紙だった。

「それは？」

亜紀が覗き込んで訊ねる。

空目は答えず、紙片を鼻に近付けた。

そして、

「……これが元だな」

言い切った。

そして書いてある文字を一瞥《いちべつ》すると、ものの数秒で興味を無くしたかのように、紙片を亜紀へと渡した。文面を記憶したので、もう紙切れに用は無くなったのだろう。亜紀の見ている紙片を俊也も覗いた。最初は何語か判らなかった。

「何語だ？」

「日本語だ」

「何？」

最初は目が理解を拒否していたので判らなかったのだが、そう空目に言われて改めて見てみると、目が慣れるにつれて、それがひどい癖字の日本語である事が判った。癖字の上にカタカナ混じりで、ひらがなが無いので読み辛い。字は歪んだ形で丸みを帯びていて、右が大きく左が狭く、まるで凹面鏡にでも写したような奇怪な歪み方をしている。あまりにも特徴的な歪み方なので、凝視していると眩暈でも起こしそうになる。

そんな奇妙かつ奇怪な癖字で、紙片には奇怪な文が書かれていた。


――末ノ子コソ人ノ子ニシテ神ノ子ニシテ魔ノ子。

二人ノ兄ヲ神ヘト捧《ササ》ゲテ末ノ子ニ神ヲ孕《ハラ》マセルベシ。

辛うじてそう読めた。

「…………どういう意味だ？」

俊也は眉根を寄せる。

「さあな」

と空目は言って、視線を宙へやった。

それぞれ、そのまま黙り込んだ。皆で床に座り込み、黙ってじっと、考え込んだ。

2

引出しの鍵について訊きに来たあやめが、また二階へと戻って行った。

再び一階の居間には、元通りの三人が残された。

稜子に武巳、そして歩由実。三人は朝から、ずっとお茶を飲んでいる。別にさぼっている訳では無い。稜子と武巳はこの居間に待機し、歩由実から詳しい事情を聞いたり、心配の相談に乗ったりするのが仕事なのだ。

人数外とも言う。

故人の身内が一緒では家捜しがやり難《にく》く、また一つの部屋に七人も居ても、はっきり言って邪魔なだけだ。それならば、と役立たずをまとめて追い出したという訳だ。そう言う武巳は不満そうだったが、稜子は別に気にしていない。

「先輩はどんな本、読むんですか」

「あ……私は小説とか、あんまり……」

稜子は先輩である歩由実と、この数十分でそれなりに打ち解けていた。

「本、全然読まないんですか？」

「うん……体育会系だから」

「体育会系？　何やってるんですか？」

「バレーボール……」

「あ、そう言えば背、結構高いですよね」

「……うん……今はちょっと、休部してるけど…………」

稜子と歩由実は、そんな感じで雑談を交わす。

最初に武巳から話を聞いた時は一体どんな人間なのかと思っていたが、それでも話しかけるうちに、だんだんと打ち解けて来た。話しかければまともに受け答えをする。そうするうちに本来の人となりが見えて来る。

そうして判った事は、歩由実は強い不安から神経を病んでいるだけで、元はとても普通の人なのだろうという事だった。時々ひどく怯えた顔で周囲を見回すが、これは事件のせいで神経が過敏になっているのだろうと稜子は解釈していた。

窓の外で枝の影が揺れただけで、歩由実はぎょっとした表情でそちらを振り向くのだ。

それに気付いた時、稜子はもっと歩由実と話をしようと心に決めた。

雑談で気が紛れれば、歩由実の怯えも少なくなると思ったのだ。確かに会話に対して歩由実の反応は鈍かったが、それは歩由実の精神状態からすれば当然だ。

稜子は献身的に、話題を探して歩由実に話しかけた。

「バレーボールかあ。いいなあ。わたし、運動神経悪いからそういうの全然駄目で」

稜子は言う。

「何ていうか、かっこいいですよね」

「…………」

歩由実は答えず、下を向いている。

「私、運動できる女の子って憧れてるんですよ」

「……」

「先輩は何でバレー部に入ったんですか？」

「…………頭がいい方が、いいよ」

「……えーと……」

時々、ちょっと会話が噛《か》み合《あ》わない。

何度目かのそれに、稜子は助けを求めて武巳を見た。最初は会話に付き合おうとしていた武巳だったが早々に挫折してしまい、だからと言って携帯を見るのも失礼だと思ったのか、今は近くにあったティッシュの箱を手に取って説明書きを眺めていた。

「ね、武巳クン」

「……ん？」

呼びかけて、初めて武巳は顔を上げた。

「武巳クンはどう？」

「どうって……？」

首を傾げる武巳に、稜子はもどかしく言い募る。

「運動できる女の子は、どう思う？」

「どう思うって……別に？」

「……もう」

稜子は口を尖らせた。そんな稜子に困ったように、武巳は口を濁す。

「そんな顔されてもさ……」

できるだけ関わりたく無いという意思が、ありありと窺えた。そんなに嫌う事は無いのにと稜子は思う。歩由実は不安で疲弊しているだけだ。それなのに皆、理解しようとしない。

「ねえ、避ける事、無いと思うんだけど……？」

「別に避けてはいないと思うけど……？」

武巳は歯切れ悪く、否定する。

「避けてるよ、武巳クンも、みんなも」

「そんな事ないって」

本気で困った顔をして、武巳は宥《なだ》めるように言う。

どうして稜子が食い下がるのか武巳には理解できないようだった。その明らかな気持ちのズレに、稜子はショックを受けた。

「何で？」

そのショックが、感情を強く押した。

「何で、理解してあげようとしないの？」

「え、ちょっと……」

いつになく強い調子で言う稜子に、武巳が慌てる。

「先輩は被害者なんだよ？　なのに何で避けられなきゃ駄目なの？」

「え、いや、だから……」

「様子が変だからって、避けるのはおかしいよ。酷い目に遭ったのは先輩なんだよ？　心配してあげるのが普通じゃない……！」

いけない。そう思ったが、もう感情と言葉が止まらなかった。

「みんな、おかしいよ。酷い目に遭って心が弱ってるのに、そんな人を怖がるなんて間違ってるよ！　理解してあげるのが普通でしょ？　理解しようと努力しないで、何でみんな先輩を避けようとするの……？」

「……！」

武巳が傷付いた表情をする。だが、稜子の方も、もう歯止めが効かない。

「みんな先輩の事、少しも考えてないでしょ……！」

言い過ぎだと自分でも思ったが、それよりも感情の方が強かった。腹立たしさとか、悲しさとか、色々な感情がごちゃまぜになって、稜子の胸をかき回した。それは武巳との気持ちのズレをきっかけに、八つ当たりのように湧き出した感情だった。

自分で自分が、判らなくなっていた。

羽間に戻って来てからずっと、辛うじて平気な振りをして見せていた不安定な感情が、些細な切っ掛けで決壊して、止められなくなっていた。

耐えられなくなったように、武巳が怒鳴った。

「……おまえ、昨日のを見なかったから、そんな事が言えるんだよ！」

「…………！」

瞬間、稜子の頭が冷えて、自分の言ってしまった言葉に寒気がした。

あまりにも配慮に欠けた言葉だった。武巳にしろ皆にしろ、今、現実として歩由実のためにここまで来ているのだ。歩由実の事を全く考えていない筈が無かった。それなのに、八つ当りのようにして、稜子は感情に任せて言ってしまったのだ。

「…………」

武巳が気まずい顔をして口を噤《つぐ》んだ。

自分が怒鳴ってしまった事に、ショックを受けたようだった。

「……トイレ行って来る」

それだけ言って、武巳は部屋を出て行った。

気まずい沈黙が、部屋に重くのしかかった。

ぽつりと、歩由実が言った。

「……私、悪い事した？」

稜子はそれにも愕然となる。稜子は歩由実のために怒っていた筈だった。だがその肝心な歩由実の存在を、稜子は忘れていた。

歩由実がここに居ることを、忘れていた。

歩由実の前で言うべきでは無い事も、言ってしまった。

「あ……ううん……私が悪かったんです……」

稜子は俯いて、そう言うしか無かった。

何か話そうと思ったが、重い気分に押し潰されて、次の話題が考えられなかった。下を向いて、稜子は何も言えずに黙っていた。少しして、歩由実がぽつりと口を開いた。

「……あのさ、稜子ちゃん」

「……あ……はい」

「稜子ちゃんのお姉さんも…………あれなんだよね」

突然の問いに、稜子は驚いた。まともに歩由実から話しかけて来たのは初めてだった。驚きながらも何とか、頷いて答えた。

「はい……自殺…………しちゃいました」

「お姉さんとは、仲良かった？」

「はい」

「私もね、お兄ちゃんとは仲良かった……」

ぽつりぽつりと、歩由実は言った。

「優しくてね、すごく頭が良かったの。私、お兄ちゃんに諭された事はあるけど、怒られた事は一度も無い。ケンカもした事が無いの。いつもお兄ちゃんの方が、折れてくれてた」

「……………」

「……お兄ちゃん、勉強できたけど運動が駄目でね、いつも私の事を〝すごい〟って言ってたけど、私はずっとお兄ちゃんの方に憧れてた。民俗学者になりたいって言ってて、山ほど本を読んでたの。私、本を読んでるお兄ちゃんを見るの、すごく好きだった……」

ぽつり、ぽつりと、歩由実の言葉は零《こぼ》れだす。

「……もう見れないんだって、ようやく納得した。もう居ないんだって納得するまで、一ヶ月以上かかった。それなのに――――あれが、私に思い出させた！　首吊りの影が！　どうしてお兄ちゃんが、って、私はまだ思ってる。納得なんかできるわけ無い！　お兄ちゃんは異界の化物に殺されました、なんて！」

低い、しかし鋭い、血を吐くような言葉だった。押し殺した声の中に、血塗《ちまみ》れの感情が、のたうち回っていた。

「先輩……！」

稜子は思わず、呼びかける。

その途端、歩由実はふっと落ち着いて、声の調子を落とす。

稜子は何も言えない。二人とも、しばらく沈黙する。

「…………強いね、稜子ちゃんは……」

下を向いたまま、不意に、歩由実が言った。

「え……？」

「強いよ。私と同じ状況なのに、稜子ちゃんは全然動じてない……」

稜子は慌てて、胸の前で両手を振る。

「……そ、そんな事ないです」

「そんな事ない？　あなたも、私みたいになるかも知れないのに？」

引き攣るように、垣間見える口元が笑った。それを見て、稜子は思った。可哀想に、歩由実の精神はここまで追い詰められていたのだ、と。

「あの、ほら、わたしが暗くしてたら、お姉ちゃんの方が悲しむと思うし……」

必死で稜子は、言葉を繋ぐ。

「……明るくするしか、わたしは能がないし………それに、あの、お喋《しゃべ》りしてる間は、わたしも悲しい気持ちを忘れてるんですよ。ほら、わたし、単純ですから……」

いろいろ言ってみたが、今までの事で完全にパニックになっていて、自分で何を言っているのか判らなかった。歩由実が聞いているかも、判らなかった。歩由実は下を見たまま、ぶつぶつと聞き取れない事を呟いていた。

「………うう」

稜子は弱る。言葉を失《な》くす。

武巳は、部屋に帰って来ない。

言葉を為《な》さない歩由実の呟きを聞きながら、稜子は泣きそうな気分になっていた。

どうすればいいか、何をすればいいか、俯く稜子には、もはや判断が付かなかった。

3

二階の捜索チームが降りて来たのは、もう昼近くになろうかという頃だった。

「――待たせた」

そう言って現れた皆を見て、稜子はほっとして――次に、目を丸くした。

ぞろぞろと居間まで降りて来た空目達の手には、それぞれ、見た事も無いほど古い洋書が数冊ずつ抱えられていたからだ。武巳もそれを手伝っている。稜子とは、目を合わせようとしない。

結局あのまま、二階に行ってしまったのだろう。

稜子はどうしようもなく、情けない気分になった。

そうする間にも、テーブルには本が陳列され始めた。稜子は気分を切り替えるためにも、そちらの方へ意識を向けた。

「……なに？　それ」

稜子は訊いた。

「ん……馬鹿みたいだけど、尤《もっと》もな質問だね」

居間のテーブルに本を置きながら、亜紀が答える。

「結論だけ言うと、先輩のお兄さんの持ち物らしいと、そういう事になるのかな？」

それだけ言うと、亜紀は服についた埃を払いに窓際へ行ってしまった。

「お兄さんの？」

首を傾げる。稜子には良く判らないが、見る限りではとんでもない貴重品ばかりのように思えた。個人の、しかも大学生の持ち物とは到底思えない。

亜紀の答えに驚いたのは稜子だけでは無いようで、歩由実も目を丸くして、一冊の革張りの本を手に取っていた。

不思議なものを見るように眺めている。全く覚えが無いらしかった。

歩由実はぽつりと、空目に訊ねた。

「………これは……本当に兄の物なんですか？」

「確実にそうかと言われると、不明です。だが、お兄さんの机の引出しから出てきた物なのは間違い無い」

空目はどっかりと座布団に座り込み、そう答えた。

歩由実は呆然と、手元の古書籍を見る。空目が質問を始めた。

「それに関係して、訊きたい事があるのですが」

「はい……」

「お兄さんは、ラテン語、スペイン語を、読み書きできましたか」

「……ラテン…………？」

歩由実は顔を上げ、微かに戸惑った様子で首を傾げた。

「古代ローマ人の言葉です。昔の日本の漢文のように、近世までヨーロッパ諸国の文語として使われていました」

言いながら、空目はいくつかの本を示して見せる。

「これも……これもラテン語の本だ。ローマ文字や、ローマ数字と言われるのもそれに含まれます。今は使われる場所が非常に少ない言語だ。お兄さんは、大学などでそういうものを勉強していた？」

言われて、歩由実は戸惑ったような表情をした。

「……多分………知らなかったと思います」

自信はなさそうに答える。

「スペイン語も？」

「……はい」

「ドイツ語は？」

「いえ。……フランス語は、授業で取ってるって言ってましたけど……」

「それは知ってる。フランス語の辞書が部屋にありました」

空目は言い切った。

目の付け所が違っている。そうするうちに皆が集まってきて、テーブルを中心にたむろするような輪ができていた。

それぞれ、てんでに古書籍を見たりしていた。

そのうち、武巳が顔を上げる。

「……なあ陛下。この本、何なんだ？」

そう言った武巳が開いている本には、タロットカードを思わせるような挿絵が、大きく描かれている。

「さっきも上で同じ話をしたが、魔道書だ」

あっさりと空目は答える。

「……え？」

それを聞いた途端、武巳は慌てて本に触れていた手を引っ込めた。気味悪そうに、テーブルに広げられた一群の本を見回す。そして空目に、確認するように、ひとつ訊ねた。

「……これ、全部？」

「全部ではないが、殆どがそうだ」

空目は答えた。

「ただ言える事は、全てオカルト文献だという事だ。しかも総じて専門的な」

「……」

武巳の表情が引き攣る。

なるほど、そんな顔をする武巳の気持ちも判る。ただでさえ古書籍というものは雰囲気が重厚で、気味の悪さも倍増する。それがオカルト文献だと断言された。しかもこの量は圧巻で、ほとんど恐怖の対象と言ってもいい。

「じゃあ……原因は、これ？」

恐る恐る、武巳。

「いや、関係はあると思うが、これらが直接の〝原因〟では無い」

だが首を横に振って、空目は武巳の言葉を否定する。

「まだ『共有』できていない。それに何より、〝ナラナシトリコウ〟と繋がらない。話を聞く限りでは、先輩の見た不審な冊子は、日下部の見たものと同じなんですね？」

訊ねる。歩由実は答える。

「う、うん……多分」

「なら、やはりまだ『繋がって』いない。ここにあるオカルト文献と、〝ナラナシトリ〟は全く別のものです。そもそもこれらの本とは国からして一致しない」

言って、空目は目を閉じた。そして小さく息を吐くと、まだ真相に辿り着けない事に対する不満を表明するように、口の端を歪めた。

「ね、魔王様」

稜子は言った。

「ずっと思ってたんだけど…………その〝ナラナシトリ〟って、何？」

そう、訊ねる。

これは稜子が、あの本が霞織の自殺の原因かも知れないと聞かされた時から、ずっと考えていた事だった。『奈良』の『梨取り』で題名だけは覚えていたが、何を意味する言葉なのかは全然知らなかったのだ。

「〝ナラナシトリ〟というのはな」

空目が答えた。

「昔話の題名だ」

「え……？」

意外な答えに、稜子は目を丸くした。

「『奈良梨取り』というのは、昔話の題名の一つだ。『山梨取り』とか『梨取り兄弟』などと呼ばれている、山に梨を取りに行く三人兄弟の話を知らないか？　バリエーションで多少変わるが、要約すると大体こういう話になる――

ある所に母親と三人の兄弟があって、あるとき病気になった母親が『梨の実が食べたい』と言い出した。

一番上の太郎《たろう》が梨を取りに山へ入ると、その途中に老婆が居た。

老婆は太郎に『道が分かれているから、笹《ささ》の言う事を聞いて進め』と忠告する。太郎が行くと道が三本に分かれていて、笹がそれぞれ『行けっちゃ、がさがさ』『行くなっちゃ、がさがさ』と鳴っている。太郎が忠告を忘れて『行くな』と鳴っている道へ進んで行くと、沼のほとりにたくさんの梨の実がなっていた。太郎が木に登って梨の実を取ろうとすると、太郎の影が沼に映って、沼の主に太郎は一口で呑《の》み込《こ》まれてしまう。

いくら待っても太郎が帰って来ないので、今度は次郎《じろう》が出かけて行く。

次郎も老婆に会って同じように忠告されるが、やはり言う事を聞かずに進み、太郎と同じように沼の主に呑まれてしまう。

三番目の三郎《さぶろう》は利口な性質で、やはり途中で老婆に出会う。

老婆からは忠告と共に、一本の刃物を手渡される。三郎も分かれ道に行き着いたが、老婆の言う事ををよく聞いて、笹が『行け』と鳴っている道を進んで行く。沼に行き着き、梨の木に登ったが、そこからでは影が映らないので三郎はたくさん梨を取る事ができる。

そうして木を降りようとしたが、間違って沼の方にある枝に足を乗り替えてしまった。たちまち沼に影が映り、沼の主が三郎を呑み込もうとしたが、三郎は老婆から貰った刃物を抜いて、沼の主を斬り殺してしまう。そうすると、主の腹の中から声がして、呑み込まれた二人の兄が無事な姿で現れる。

再会した兄弟はそろって梨の実を持ち帰り、母親に食わせてやると、母親の病気はけろりと治った。そして四人はそれから楽しく暮らしたという事だ。

——とまあ、『奈良梨取り』とは、概《おおむ》ねこんな話だ。伝えによって細部や筋が多少だが違っていて、実が『奈良梨』であったり『山梨』であったり、〝忠告〟の数が多かったり、二人の兄が無事でなかったり、老婆が沼の主の正体であったりするバージョンもある。母親が正体だったというのもあったか……？　まあ、ともかくこれが『奈良梨取り』だ。本当にただの昔話だ。オカルト、ことに魔術などとは何の関係も無いものだ」

「はぁー……」

空目の言葉を、意外なものとして稜子は聞いていた。こうして聞いてみれば、確かにそういう昔話には何となく憶えがあった。

しかし、この場で聞く話としては、それはあまりにもそぐわない。

「ただの昔話？」

「ああ、ただの昔話だ」

「……ほんとに？」

「正真正銘ただの昔話だ。話そのものには、裏も含みも無い」

言い切る空目。そして一同を見回すと、納得いかなそうにしている一同を見て、溜息を吐いて言った。

「……この種の話は民俗学の分類で、『末子成功譚』と呼ばれているモチーフだ」

納得しない一同に向けて、空目は〝講義〟を始めた。

「この『末子成功譚』というのは日本中に……いや、世界中にある話で、その多くは『化物退治』型、『梨取り』型、『宝物』型という三種類の型に分類できるとされている。三人兄弟の話が代表的で、梨取りや化物退治などの試練に兄弟が挑み、欲をかいたり心掛けの良くない行為をしたり、老婆や自然の警告に耳を傾けなかった兄達は死に、警告に従った末の子だけが試練に成功して幸せになる。この長子が死に、末子が成功するという話は何故か世界中に存在していて、物語研究者がモチーフ伝播《でんぱ》の経路を探っている。日本では『海幸彦山幸彦』などが該当し、外国では『長靴を履いた猫』や『三匹の子ぶた』、場合によっては『シンデレラ』なども含める場合がある。

……で、だ。こう聞くといかにも『末子成功譚』というのは特別なものに聞こえるかも知れないが、ほとんどの昔話が同じように分類され研究がされている。特別な生まれの主人公が流浪する『貴種流離譚《りゅうりたん》』や、人間でない存在と結婚する『異種婚姻譚』などと同じく、数が多いからそう分類されているに過ぎず、別に『末子成功譚』が何か特別な話であるという訳では無い。類話の数と、モチーフとして興味深いのでたまたまライトが当たっているだけで、他の昔話と何ら変わる事は無い。重ねて言うがただの昔話だ。何の変哲も無い昔話だ」

「…………へえー」

個人的な興味はともかくとして、だが。そう空目は言って、締めくくった。確かに面白い話だと稜子は思った。興味深いテーマだ。

「ねえ、なんで末っ子なの？」

本当にただの興味から、稜子は聞いた。

「不明だ。意味なんか初めから無かったのかも知れないし、元はあった何らかの意味が、時代と共に失われたのかも知れない。伝わるうちに、物語が変質したのかも知れない。古代に大陸経由で入って来た話が、判官贔屓《ほうがんびいき》が嵩《こう》じて爆発的に広まっただけの可能性もある。まあ、そういうのを調べるのが民俗学とかの学者の仕事だ」

「そっかー……」

面白い。

なるほど、民俗学というのは面白いかも知れない。歩由実の兄も、そういうところに何かを感じて民俗学者になりたかったのだろうかと、稜子は想像した。何というか、すごくロマンのある作業に思えた。稜子はそういうものに、思いを馳《は》せるのは結構好きだ。

そう思いつつ歩由実を見たが、歩由実は黙って下を向き、反応しない。

稜子はまた、考え込む。

「……でもほんとに、なんで末っ子なんだろうね」

稜子は口元に指を当て、疑問を口にする。

亜紀が言った。

「上の子より、下の子の方が優秀だとか、そんな事が言いたかったんじゃない？　最初に話を作った奴が三人兄弟の末っ子でさ」

身も蓋もない事を言う。

「亜紀ちゃん、それは……」

「そういう文化があった可能性もあるな。末子相続の文化を補強するためとか」

そう空目。

「医学的にも第一子より、第二子以降の方が肉体的に優れているという説もある。最初の子は母体が出産に馴《な》れていないため齟齬が出るが、二子目以降から完全になるとか。眉唾だが」

「へえ……」

「ともかく――――なぜここで『奈良梨取り』なのか、それが不明なんだ」

空目は改めて言う。

「机から〝魔道書〟が出て来たが、これは『奈良梨取り』とは関係ない。〝首吊り〟とも関係ない。梨取りの話が〝見立て〟だと考えたとしても、日下部も先輩も〝末の子〟ではあっても

〝三人兄弟〟では無い。あまりにも唐突で、脈絡が無い。そこが判らない」

空目は宙を睨んだ。表層を撫《な》でるばかりで根幹が見付からない、そんなもどかしさのような感覚が、あまり変わらない表情から滲んでいた。

「あの……」

ふとその時、歩由実が小さく手を挙げた。

「うち、三人兄弟です……」

「え……？」

突然のそんな歩由実の一言に、一同は思わず顔を見合わせた。

「え？　お兄さんだけなんですよね？　兄弟」

「本当は三人兄弟だったの。一番上に、もう一人いた……」

驚く稜子に、歩由実はそう答えた。

「いた？」

稜子は聞き返す。その言い方が、露骨に引っかかる。

「うん、五歳で死んじゃった、兄が……」

歩由実は言う。

「私が生まれる前に、五歳だった一番上の兄が、庭で遊んでた時に木から落ちて、洗濯紐が首に絡まって首吊り状態で死んで…………」

「……！」

そこまで聞いて、ぞわ、と腕に鳥肌が立った。

歩由実はきょとん、とした表情で、表情を硬くした一同を見回した。そして、少しぼんやりと考えてから納得したように、

「ああ………同じですね」

そう、呟いた。

他人事《ひとごと》のように、何の感情も籠っていない声だった。

それを聞いた時、稜子は初めて歩由実に対して、恐怖に近い感情を持った。武巳がしきりに言っていた、歩由実の異常さの片鱗《へんりん》を見たのだった。

「……大きな符合だな」

空目が言った。

不気味なパズルのピースが一枚、稜子の頭の中で大きな音を立てて、嵌まった。

五章　魔女の指

1

昼下がりの太陽の下、学校へと向かう道行き。
武巳と稜子は、並んで住宅街の道を歩いていた。

「…………………」

何となく、雰囲気が気まずい。
歩由実の家を出てから、二人はまだ一言も口を利いていない。

「…………」

黙々と歩く。
原因が何かは、判っている。

二人は歩由実と話をしていた、あの時に起こった事を互いに気に病んでいた。それを気にして、互いに話しかけられずにいるのだった。

「…………」

黙って歩く。

別に、武巳は怒っている訳では無かった。

あれが武巳にとって不愉快だったのは確かだが、いつまでも武巳は気にはしないし、何より稜子がそれに気付いて気に病むだろう事はすぐに見当が付いた。逆に、そんな武巳の心の動きに稜子が思い至るだろう事も簡単に予想できた。

それが判らないほど浅い付き合いでは無い。

互いの考え方は、大体判っている。

許すどころか、そんなに気にしていないのだ。だが微妙なズレのようなものが、今の二人を気まずくしていた。

些細な事なのだ。

ただ何となく、そんな雰囲気になったとしか言い様が無い。

「…………」

「…………」

黙って、歩く。

武巳と稜子が向かっているのは、学校の図書館だった。調べ物をするため、二人は図書館に向かっていた。なぜこの二人なのかと言うと、他の皆が歩由実の家で話し合いをしているからだった。

『事件について考察する時間が欲しい』
『しかし、ひとつ調べておきたい事もある』

そんな訳で、知的労働者の数に入っていない二人がこうして図書館へ派遣される事になったのだ。最近こんな役回りばかりのような気がするが、まあ順当な配置である事は間違い無いと思うので、そう文句も言えなかった。

別に構わない。

構わないのだが――――この雰囲気だけはどうにも気が重い。

武巳も稜子も、何となく気持ちが悪そうな表情をしている。

胸の辺りに重いもやを抱え、黙って二人は学校へと向かった。図書館に着くまで、二人は口を開く事は無かった。

＊

大学の敷地内に、煉瓦風の大きな建物が建っている。

大学の本校舎に合わせて作られたというそれが、聖創学院の誇る図書館だ。

地上三階。地下二階。所蔵されている資料は、読み物から専門書、歴史資料から映像メディアに至るまで、膨大な数に上る。近隣では随一の規模を誇るそれは、学芸都市の名に恥じない立派なものだと、学校のパンフレットやホームページにも誌面を割いて大きく取り上げられている。

高校の敷地と接してはいるが、大学の敷地内にある。

というのも基本的には、この図書館は大学のものだからだ。

聖創学院では、大学の図書館を、付属高校と共用している形になっている。一応の棲《す》み分《わ》けはされていて、七人いる司書や職員も、大学、高校と、それぞれ担当が分かれている。

窓口も違い、一部のフロアは高校生は無許可で立ち入りできない。

高校の図書委員会は存在する。だが小さな図書室しか無いような学校の図書委員と比べ、明確に生徒会の一部門で、業務も本格的に司書の補佐だ。

システムがかなりややこしく厳格だが、これのおかげで聖学の図書館は膨大な蔵書を抱える事ができ、高校生が大学レベルの蔵書を読む事ができるし、逆に大学生は高校生レベルまでの範囲で蔵書を利用する事ができる。さらに大学生以上の利用に対応するため、たとえ学校が休みの日でも図書館が休みになる事は無い。

「――あの、ミナカタ先生いますか?」

図書館の貸し出しカウンターに身を乗り出すと、稜子はそう言って呼び出しを頼んだ。

「……あ、はい、ちょっと待って」

「はい」

職員の女性が奥に引っ込み、二人はカウンターの前で待った。

夏休み中の図書館は閑散としている。普段以上に静かな図書館で、二人は黙って、先生が来るのを待つ。

「…………」

この〝ミナカタ先生〟というのは――実は、歩由実の父の事だ。

武巳達は歩由実の父である、司書の大迫水方《みなかた》に会いに来た。

水方はこの図書館の高校側担当の司書で、三人いる担当者の責任者に当たる。図書委員会の顧問でもあり、普段〝ミナカタ先生〟と呼ばれている。

付けている名札の名前の部分が、読み違いを防ぐためか、『大迫ミナカタ』と書いてあるためだ。他の職員はきちんと漢字なので、何となく記憶に残る。気さくなオジサンといった風なので、そのうちに親しみも入って〝ミナカタ先生〟が定着した。あれだけいる生徒の顔も良く憶えているので、親しくしている者も多い。

武巳や稜子もその一人だったりする。

文芸部の部員は多かれ少なかれ図書館のお世話になるし、稜子に至っては姉が図書委員会のOBなのだから尚更だ。だがそんな先生であっても、特に図書委員でもない武巳達が、名指しで呼んでもらうというのは初めてだ。そんな必要になった事は今まで一度も無い。何となくだが少し緊張してしまう。

「……やあ、お二人さん。いらっしゃい」

カウンター奥にあるドアから、やがて水方が姿を現した。

腕まくりしたワイシャツに、人懐っこい笑顔。髪がやや薄くなりかけ、あまり背も高くない水方は、いかにも市役所にでも居そうな事務のおじさんといった風情の人物だ。

いや、似合うのはどちらかと言えば市役所より村役場かも知れない。

眼鏡の向こうから、しょぼしょぼした目が覗いている。

「夏休みだっていうのに熱心だね」

そう言って、笑う水方。

そして思い出したように、稜子に向き直った。

「……ああ、そうだ。稜子ちゃん、このたびはお姉さんがとんだ事に…………」

「あ、はい……」

水方は気遣わしげな表情で言う。そう言えば水方は稜子の姉が自殺する直前、最後に会った人物だと聞いていた。

「大変だったねえ……」

「あ、いえ……警察とかが来て、ご迷惑をおかけしたみたいで……」

稜子が恐縮する。

「いや、それはいいんだよ。それより僕はショックだった。君は大丈夫なの？」

「はい、一応……」

「それならいいんだけど」

稜子とそんなやり取りを交わす水方を見ながら、武巳は心の中で、歩由実と水方を見比べていた。歳《とし》も性別も違うしで、あまり共通点が無い。正直全然似ていない。それに気さくな水方と塞ぎ込んだ歩由実では、同じ時間と事件を共有している家族には、どうしても武巳には見えないのだった。

怪現象の有る無しという差こそあれ、同じ家族を失った家族なのだ。

なのに水方は見る限りいつも通りで、歩由実はあの通り。

今までずっと水方とはここで顔を合わせているが、息子さんが自殺したなどとは全く知らなかった。二ヶ月前ならつい最近の事だが、いくら思い返しても、水方はそんな様子をおくびにも出していなかった。

これが大人と子供の違いだろうかと、子供の武巳は思う。

目の前に居るにこやかな水方からは、いま武巳たちが目の当たりにしている歩由実の事情など、想像もできなかった。

水方は言う。

「今日はどうしたの？　部活動？」

「いえ、違うんですけど……」

そんな事を考えている武巳を余所に、稜子は本題に入った。

「あの、今日は本を探しに来たんです」

武巳達二人は、空目に命じられて、本を探しに来たのだった。

状況から考えて、現物がここにあるはずだった。それを押さえてしまうのが、今の段階では一番の早道だと。

「ああ、そうなんだ。今日は他に利用者も居ないから、手伝うよ」

「あ、お願いします。すごく助かります」

「で、どんな本？」

検索用端末の前の席に座りながら水方が訊く。

一瞬うまれた間の後で、稜子は言った。

「――――『奈良梨取考』というのを探してます」

探しに来たのは、それだった。

そのタイトルを口にした稜子の声には、微かな、しかし明らかな緊張が含まれていた。

「ふんふん、ナラナシね……」

水方の手が素早くキーを打つ。そして水方は「んー？」と首を捻りながら、いくつかの操作を繰り返す。

「ふーむ……見当たらないねえ」

「え？　無いんですか？」

「ちょっと待ってて？　未整理の方も探してみるから」

水方は立ち上がると、裏へと引っ込んだ。そしてしばらくすると、綴じ紐でまとめられた分厚い書類の束を持って現れる。ぱっと見で十センチ近く厚さのある束が、何冊も。人も殴り殺せそうな代物だ。

それが、どん、どん、とカウンターに置かれる。

うわ、と武巳は驚く。

「……げー、それ全部が未整理の本の目録ですか？」

「そう。ここは羽間にあった古い公立図書館や資料館からも蔵書を受け継いでいてね。でも倉庫から一度も表の書架に出していない本なんかは整理が遅れていて、そういったやつはこの古い目録から探すしか無いんだよね。貴重な資料も含まれているから、そういうのを探してる学生や先生とかは、検索で見つからなかったら僕達《ぼくたち》の所に来るよ」

何となく得意そうに水方は笑う。水方は図書館の主の一人のようなものだ。他の司書が判らない事や見付けられない事も、水方に頼めば見付けられると、図書館へビーユーザーの一部は知っている。

「そうなんですかー」

「後は特殊な寄贈本なんかも未整理かな。亡くなったコレクターの家族が処分のために持ち込んだ、すごく昔の趣味系雑誌が一揃《ひとそろ》いとか。洋書のすごく古いやつとか」

そんな事を言いながら水方は眼鏡の位置を直して、分厚い書類を捲り始めた。

「すいません、そんな事まで……」

「いや、いいんだよ。……ナラナシトリだっけ？」

　恐縮する二人を余所に、水方は書類を捲り、一覧に人差し指を這《は》わせる。こうして見ると本当に帳簿を調べる役所の職員に見える。しばらく水方は調べを続けていたが、そのうちに顔を上げると困った顔をした。

「やっぱり無いねえ……うちにはその本、置いてないよ」

「……ええ！　それは絶対おかしいです」

　稜子が驚き、武巳も驚く。

「お姉ちゃんはあの日、その本をここに返しに来た筈なんです。その本、わたしがここで借りた本の中に、混じってた本なんですよ？」

「ええ？」

　慌てた調子で稜子が言い、水方は首を傾げた。

「…………いや、知らない。受け取ってないねえ」

「本当に？　忘れてるとかじゃ、なくてですか？」

「うん。そういう事があったら、いくら何でも覚えてるよ。第一、多分だけど、そのナラナシ何とかという本は、うちの図書館の蔵書には無いよ？」

「ほんとに？」

「ほんとに。少なくとも書類の上では存在しないよ。目録に無いという事は、『無い』としか言い様がない。百歩譲って〝あった〟としても、探しようが無いよ。倉庫の本を一冊一冊調べて、見付かるまでに何年もかかるよ」

「そんな…………」

明らかにショックを受けた様子の、稜子。信じられない、という表情で、両手を口元に当てていた。

「で、でも……確かに蔵書票があったんです。『禁帯出』っていう、持ち出し禁止のスタンプも捺してあって」

「本当に？　本当にうちの蔵書票だった？」

言って、水方はカウンターから本を出して来る。

「蔵書票があれば、目録に載る筈だよ。うちの蔵書票はこういうやつだよ。でもって、持ち出し禁止のスタンプは、こんなやつ」

開いて見せた表紙の裏には、蔵書票と持ち出し禁止印が並んでいた。学校名が書かれ、後は必要事項を書き込めるよう空白になっている蔵書票のスタンプ。その下に『禁帯出』と大きく書かれた、シンプルな形の赤いスタンプ。


「……違う……」

稜子が呟いた。

「私の見たのは……もっと複雑なやつです。色は青くて、周りにロープが蛇みたいに絡み合ってる模様があって」

「うーん、そういうスタンプは、やっぱりうちのじゃないねえ」

そう腕組みして、水方。

「で、でも背表紙に貼ってあった分類票は、間違いなくこれでした」

背表紙のシールを指差す稜子に、水方は頷く。

「そっか、でもね、このシールは別に特別なものじゃない。売ってるやつだからねえ。やっぱりそれだけじゃ、うちの蔵書とは確認できないねえ」

「……！」

武巳も稜子も呆然とする。それでは稜子や歩由実が見たという本は、いったい何だったのだろう？

「じゃ、じゃあ……私の見た本は何だったの？　お姉ちゃんの持って行った本は、どこに行ったの？」

稜子のショックは、武巳よりもっと深刻だ。

今にも血の気が引きそうな顔で言う稜子の様子に、水方は困惑する。

「さあ……？　僕にはちょっと何とも言えない。他の大学の図書館のデータベースも、調べてみるかい？」

「は、はい！　お願いします！」

必死の顔をした稜子が見守る中、水方はコンピューターを操作する。

だが、やがて水方は否定の結果を告げる。

「………やっぱり無いね。どこの大学の図書館にも、そんな本は置いてないよ」

「そんな……」

稜子は愕然《がくぜん》とする。

「どういう事……？　わたしが見たの、幻だったの……？」

「いやあ、そんな事は無いと思うけど……ほら、勘違いとか、あるじゃない」

水方は言ったが、武巳には勘違いの域を遥かに越えているように思えた。そんな気休めは何も知らないから言える事だ。

もう稜子も、武巳も、一言も無い。

水方は心配そうに、カウンターから稜子を見上げる。

「……僕も探してみるから、今日はもう帰んなさい。顔色が悪いよ」

そして言う。

「何か判ったら連絡するから。寮に居るんでしょう？　伝言するから」

「………」

口元を押さえたまま、稜子は頷いた。

ぶるっ、と武巳は身震いする。知らない間に、何故だろうか武巳の腕に、うっすらと鳥肌が立っていた。

図書館の空気が、急に寒々しく感じられた。

事態が、どんどんと異様な方向へと進んでいる気がした。

2

「…………」

学校内のベンチに、武巳と稜子は座っていた。

あれから二人は図書館を出たが、あまりにも稜子の顔色が悪いので、とりあえず一旦休憩をしてから歩由実の家へ戻ろうと、そういう事になった。

木陰のベンチに座り込んでから、随分と経っている。稜子はだいぶ落ち着いたようだが、武巳が押し付けるように渡した缶コーヒーを、まだ抱き締めるように握っている。強く缶を握り締めた手は血の気が失《う》せて白く、微かに震える缶の表面を、水滴が一つ、伝って落ちる。

その音が聞こえそうなほど静かに、二人は黙っている。

二人とも何も言わない。

じっと黙って座っている。

何を言っていいのか、武巳には判らなかった。

判らないから黙っていた。稜子も何も言わない。

ただ午後の木陰に、時間だけが過ぎている。

風が吹く。

そよ風に木々が揺れる。

いい風だな、と武巳は思った。無意識に口に出た。


「……いい風だよな」

――――沈黙。


やってしまった。

何を言っているんだ、と武巳は自己嫌悪に陥った。

こんな時に、おれは何を言っているんだろう、と。普段から二人の時はこんな感じで、何も考えずに思った事を口に出しているので、つい自然に言ってしまったが、いま言う事では無いだろう。

ひどく気まずい思いで、武巳は空を仰いだ。

沈黙が、身に沁《し》みて痛かった。

また過ぎる、静かな時間。

静かな時間が、心を削る。

…………

…………


「………………ごめんね」


不意に、稜子がぽつりと言った。

「……何が？」

武巳は空を見上げたまま、訊き返した。

「ごめんね………あの時、怒ったりして……」

呟くような声で、稜子が謝った。

「……なんで今、それなんだよ」

武巳は言う。そんな言葉しか、思い付かない。

「………わかんない」

か細い声。

「気にしてないよ」

そう武巳。

「ほんとに、ごめんね……」

「気にしてないって」

「……」

「……」

また二人は黙る。武巳は空を仰ぎ、稜子は地面を見詰め、二人は並んで座っている。

頭上は濃い枝葉が覆い、足元には濃い影が落ちている。

天気が良い分、影も濃い。

何も言わない稜子。稜子らしい態度では無い。

いつもの稜子ならすぐに気分を切り替え、空元気でも明るく振舞うところだ。しかし今日は重い雰囲気で黙っていた。

気まずい。

稜子を相手に、ここまで気まずいのは初めてだった。

考えてみれば、今まで武巳はこんな気分で稜子に接した事は無かった。武巳にとって稜子は非常に気安い相手だったし、ずっとそのような気分で稜子に接して来た。

今までは、こんな事は一度も無かった。

こんな状況は初めてだった。

沈黙の中、ふと武巳の頭に想像が浮かぶ。

もしかすると、この重苦しさは、自分の所為なのではないかという、そんな想像だった。

想像というより印象かも知れない。稜子のこのらしくない態度は、もしかすると武巳の心の中の齟齬が原因ではないかという疑惑だった。

気にしてないよと口では言った。だが気にしていない訳が無い。武巳が拭い去る事ができていない、そういった感情を、稜子が実は見透かしている事が、こんな態度に繋がっているのではないかと、ふと武巳は感じたのだ。

自分の気持ちが稜子にこんな態度を取らせているのではないかと。

沈黙の中で武巳は、気まずいので考えないようにしていた自分の意識に気が付いて、そしてつい稜子に、それを重ねてしまった。

そうだ。馬鹿げた想像だ。武巳は自分の頭を振って、下らない想像を追い出した。

稜子が不安定なのは、立て続けに不幸や不安な事があったからだ。武巳は反省する。つい態度に困って冷たくなってしまったが、今の稜子には配慮が必要だ。こんな事をしていないで労《いた》わってやらないと。今すぐには無理かも知れないけれど。

武巳は、ベンチから立ち上がった。

「……戻ろっか」

「……うん」

稜子も、のろのろと立ち上がる。

その時だった。


「────何処《どこ》へ？」


突然背中から声をかけられ、その場で武巳は立ち竦んだ。

「……っ！」

慌てて武巳は振り返った。

背後の樹《き》の下に、いつの間にか一人の少女が立っていたのだ。

それは、Tシャツにジーンズ姿の、見知った三年生。


それは────〝魔女〟十叶詠子《とがのよみこ》。

この学校で知らぬ者のない、不思議少女にして霊能力者。あまりにも普通の姿に、しかしあまりにも透明な微笑を浮かべ、それゆえにあまりにも普通でない存在として、彼女はそこに佇《たたず》んでいた。

ただ立っているだけで、詠子は普通の人間とは違う、明らかな〝異質〟な雰囲気をその身に纏っている。

その詠子が、首を傾げて言った。

「……何処へ戻るの？」

「え？　何処、って……」

狼狽《ろうばい》した顔の武巳を見て、詠子は微笑した。

「駄目だよ。君はともかく、そこの子は気を付けないと」

言って、詠子は稜子を指差す。

驚いて、稜子が半ば呆然と自分を指差す。

「……え？　わたし？」

「気を付けろ、って……？」

武巳も呟く。

判らないの？　と詠子は笑う。笑って、詠子は言う。

「〝場所〟に気を付けなきゃ、駄目でしょう？　戻る場所に」

「場所？」

「そう、場所。何処へ戻るつもりなの？　君達は世界の本当の姿が見えてないのに、自分が何処へ戻ろうとしてるのか判るの？」

詠子は大きく両腕を広げる。言っている事は完全に意味不明だ。

武巳も稜子も何も答えられない。詠子は、す、と頭上を指差して言う。

「帰る場所には気を付けなきゃ」

さもないと。

「さもないと——首くくりの木の下に、戻る事になっちゃうよ？」

「…………!?」

そう言って二人に、詠子は笑いかけた。

武巳は今度こそ、本当に絶句した。

3

…………

ベンチを陽光から覆う、一本の大樹の下。

その陰の下に、武巳達は立ち尽くしている。

「……どうしたの？」

無邪気に、不思議そうに、詠子が首を傾げる。

その詠子を前に、武巳も稜子も全く動けないでいる。


『首くくりの木の下に、戻る事になっちゃうよ？』


たった今しがたの、詠子の台詞。

その発言があまりにも衝撃で、二人とも半ばパニック状態になっていた。

底の知れない詠子の言葉に、武巳も稜子も恐怖に近い感情を抱いていた。

今の詠子の言葉には、それだけの力があったのだ。


――――何を言ってる？

――――何で〝首吊り〟の事を知ってる？


いくつもの疑問が武巳の頭をよぎって消えたが、答えは見付から無い。

ただ微笑を湛《たた》え、詠子は目の前に立っている。

武巳は唾を呑み込む。

稜子は息も忘れている。

頭の中は真っ白だった。

そんな中、詠子はふと稜子に目を遣《や》り、ひどく優しい調子で話しかけた。

「……ねえ、あなた日下部さん、だったよね」

少女のような、母親のような、優しい声だった。

「あ、はい……」

戸惑いながらも慌てて稜子は頷く。詠子はくすくすと笑い出した。

そして言う。

「あなたは本当に面白い、〝魂のカタチ〟をしているね……」

「え……？」

あまりに唐突な物言いに、稜子が戸惑う。しかし、詠子は少しも構わず、微笑ましげに目を細めて、稜子へと歩み寄り、その頬へと手を伸ばした。

「本当に面白いね……」

「あ、あの……」

「私があなたを最初に見た時、あなたは普通の人間に見えた。こんなに深い〝歪み〟を魂に抱えているのに、あなたの魂はとても純粋に〝人間〟に見えたの。誰が見たって、あなたが〝鏡像〟だなんて思わないよ。こんなに綺麗に映ってるんだもの」

「…………！」

武巳はもはや一言も無い。困惑を通り越して、思考停止しそうだった。

「あなたは〝鏡〟、だったんだね……」

稜子の頬に触れながら、詠子は静かに語る。

だがその内容はあまりに異常で、理解し難いものだった。

「あなたは多分、この世で一番純粋な鏡だね」

微笑んで、言う。

「あなたの魂はあらゆる存在を、これ以上ないほど正確に映し出すけれど、あまりにも鏡面が薄すぎて、自身と外界との区別も付かないの」

「…………！」

「不思議だな……何がそんなに、あなたの鏡面を削ったの？」

鏡面を撫でるように稜子の頬を撫で、首を傾げる。

言葉の意味の一片も武巳は理解できない。それは言われている稜子も同じようで、強張《こわば》った表情で為すがままにされている。何も、言葉も無いまま。詠子はそんな稜子を見て、ふふ、と笑って、優しく訊ねた。

「……理解できない？」

「…………はい……」

やっとの事で、稜子は頷いた。

「そう」

詠子は、応えて頷いた。

「私はね、あなたの心の〝共感〟について言ってるんだよ」

優しく言い聞かせるように、詠子は言った。

「いい？〝優しい鏡〟さん。共感っていうのはね、『他者』を『自分』の中に取り込む行為を言うの。あなたの魂はそれが本質で、同時に全てなんだよ」

「？　どういう……」

「あなたは決して、人が本当に嫌がる事はできない人でしょ？　それはあなたが、その人の心を自分の心に映してしまうからだよ。すごく敏感に人の心が解るから、あなたは優しい。けれどもその〝共感〟の力が、実はあなたの魂の殆どを規定しているの」

解るような、解らないような話。

呆然と、稜子はそれを聞いている。

「あなたのカタチは、とても綺麗で素敵だよ。でも、それはすごく危険なカタチなの。だってあなたの魂はこんなに透明で、人の心をとても良く映すのに、鏡の境界がものすごーく薄いんだもの。これじゃ、あなたは鏡像と対象――――つまり自分の心と他人の心の区別が付かなくなってしまうよ」

詠子は稜子の頬を撫でる。

「他人を侵蝕《しんしょく》するほど強い心を映したら、あなたは取り込まれて消えてしまうよ？」

「……！」

稜子は愕然とした表情をした。

「あなたには、そういう危ういところがあるの。人の心はだいたい共感の鏡を持っているけれど、普通の人の鏡は、そこまで異常な心は映せない。心の鏡は、普通、それが映せるほど透明じゃないの。でも――――きっと、あなたなら映せる。映せるからこそ、あなたは危うい。あなたの鏡の透明さは、鏡面を極限まで削って生まれたもの。あまりに境界が薄すぎて、相手と鏡像の区別が付かないほど。誰も――――もしかしたらあなた自身も気付いてないかも知れないけど、自他の境界が危うくなるほど、あなたの心は削られてる。あなたの心はこんなに綺麗に、ひどい傷を負っている」

「…………」

「あなたは誰にも見えないくらい、薄く透明に、歪んでいる……」

どこか愛おしげに、詠子。

「だから、あなたは気を付けなくちゃいけない」

蒼白《そうはく》な顔で立ち尽くす稜子。その稜子の目を、詠子が覗く。

「今、あなたの近くには、強い心を持った〝木〟が育っている……」

「！」

武巳は息を吞む。

「人がその木で首を吊るために、種から育てられた巨木だよ。あまりに巨大な魂を宿す、美しくも醜怪な〝魔法の木〟――」

それはもう、あなた達の周りに枝葉を伸ばして、頭の上を覆ってるよ。もしもこれから〝戻る〟なら、覆った枝葉の外に戻らないといけないよ。もし〝優しい鏡〟のあなたが〝首くりの木〟を映せば、きっとあなたはその魂に吞み込まれるから。壊れたくないなら、絶対にそれを受け入れちゃ駄目だよ」

微笑みながら、詠子は言う。

理解不能な忠告だったが、一つだけ解る事があった。

側から聞いていただけの察しの悪い武巳でも、これだけは理解できた。

「それは――――これ以上、事件に関わるなって事ですか？」

そう、武巳は言った。

しかし詠子は、武巳に目を向けると、

「何の事かは知らないよ。私は〝視《み》える〟だけだもの」

そう答えて、静かに首を横に振った。

「私に判る事は、〝鏡〟であるこの子は危ないって事。気を付けてあげないと、この子は危ないものに取り込まれてしまう」

つ、と詠子が、稜子の頬から手を離す。

手が離れた途端、稜子は、腰が抜けたように元のベンチにへたり込む。

詠子は微笑んで、顔を上げ、武巳へと向き直る。

「それが〝視えた〟から、私は教えて上げただけ」

「…………！」

武巳は思わず、後ずさった。

「私は君達が好きだよ。とっても、とっても気に入ってるの」

「…………！」

「だからね、必要なら、私はいくらでも忠告してあげる。だから——これだけは、憶えておいてね？」

詠子は言って、目を細める。

「――憶えておいてね？　私はいつでも、君達の本当の味方だって事」

限りなく透明に、詠子は微笑んだ。
そして、ふ、とそこから立ち去った。
止まっていたような時間が流れ始めて、世界が、自然が動き始めた。
しかしその中で、武巳と稜子は呆然と、しばらくその場から、動く事は無かった。

六章　夜の爪

1

その日、大迫家は久々の賑《にぎ》わいを見せていた。

「……いやあ、まさか君達が歩由実とお友達とは思わなかったですよ」

にこにこと笑いながら、料理の並んだ長方形のテーブルを前に、広い和室の居間で、座椅子に座った水方が言った。

「私達《わたしたち》もびっくりしましたよ。歩由実先輩がミナカタ先生の子供なんて」

「うん、びっくりしたよね」

亜紀と稜子は、笑顔でそれに答えた。

「歩由実も教えてくれればよかったのに」

しみじみと言う水方。

「だって、まさか二人がお父さんと仲良しなんて思わなかったから……」

日中見ていたのとは、うって変わった様子で歩由実は答えていた。

夕食後の食卓。

娘の友達が泊まりに来た、父子家庭の団欒《だんらん》。


――――その夜。亜紀と稜子の二人は、歩由実の家に泊まりに来ていた。

だが、それは見かけ通りの和やかなものでは無く、歩由実の身を守るため、そして歩由実の状態を監視するための、かなり深刻な任務を負った泊り込みだった。

もちろん亜紀も稜子も、歩由実と水方の関係はあらかじめ知っていた。全ては水方に怪しまれないため、そして歩由実の〝病気〟や亜紀達の〝目的〟を知られないため、前もって口裏を合わせていた。

それにしても驚いたのは、父親と対している歩由実の様子だ。

確かに顔色は悪く、口数も多くは無いが、亜紀が今まで見て来た歩由実の〝異常さ〟が、一切鳴りを潜めていたからだ。

今の歩由実は、どこから見ても少しだけ内向的な普通の少女だ。

何となく感付いてはいたが、それでもこの二面性を目の当たりにすると、不可解な思いは抜けなかった。

それぞれの思いを裏に、偽りの団欒は進む。


…………


食後の食卓が片付けられ、お茶が出される。

歩由実は食器の片付けをするために引っ込み、代わりに娘の友達と話をするため、いそいそと水方がやって来た。その〝父親〟の姿に、昨日会ったばかりの〝にわかの友達〟である亜紀は、少しだけ心が痛む。何と言うか、こういう感情は騙《だま》していけないもののような、そんな気がしたのだ。

「いやー、こんなに家が賑やかなのは久し振りだよ」

四人で食卓を囲み、水方は本当に嬉しそうに笑っていた。

「……しばらく歩由実は塞いでたからね。友達が来るなんて言うから安心したよ」

「そうですか……」

やはり気が咎める。しかし亜紀は表情一つ変えない。

こうやって自分の感情を隠すのには、慣れていた。

「お世話になります」

素知らぬ顔で、会釈する亜紀。

「いや、気にしなくていいよ。何日泊まるの？」

何も知らない水方は、言う。

「いえ……実は予定、決めてないんですよ」

「夏休みだもんねえ……そういうのも有りかあ……」

いいなあ、と頷く水方。

「子供の特権だね。僕は夏休みなんか無いよ。大人は辛《つら》いね」

そう言って、水方は疲れた顔をした。

「僕は毎日、仕事です」

「今日も図書館に居ましたもんねえ……」

稜子が応えて言う。

「本当に無いんですか？　夏休み」

「いや、ぜんぜん無いって事は無いんだけど、他の職員さんが先。僕は一番最後。で、取れない事もあるって感じ」

おどけた調子で言いつつ、水方は溜息を吐いた。

「それで取れても三日とかかな」

「大変ですねえ」

しみじみと言う稜子。

「一応、責任者だからねえ」

そう、水方。

「それより稜子ちゃん、調子悪いのは、大丈夫？」

そして思い出したように気を遣って訊ねる。家で稜子と顔を合わせてからというもの、水方にはもう何度も同じ事を訊かれていた。

「あ、はい。もう大丈夫です」

そのたびに稜子は『大丈夫』と答える。

水方も心配しているようだが、亜紀も心の中で『本当かな』と呟く。

こうしている水方は知らないが、稜子の状態は、とてもではないが『大丈夫』などとは言い難かった。あれを見て『大丈夫』だと言い切れる人間が居るなら、とっとと目か、脳の病院に行った方がいい。


そう――――稜子が図書館から戻って来た時は、大変だったのだ。

戻って来るなり武巳はパニック状態で、稜子は茫然自失。二人が落ち着き、亜紀達が状況を把握するまでかなりの時間を要したのだ。

結局、判った事は『奈良梨取考』なる本は図書館の蔵書に存在せず、それを知らされた事によるショック状態での帰り際に、現れた〝魔女〟に何か言われたらしい。特に詠子が話したのは稜子についての事だったらしく、経験上、亜紀は非常に心配していた。

今度は稜子に何か起こるのではと、そう思った。

いや、既に起こっているのだが。もっと何か、ひどい事が。

空目も同じ事を案じていた。詠子は『この事件に関わるな』と、そんな感じの事を言ったらしいが、最早状況は引き返せない。

皮肉にも詠子の出現で、稜子についての危機感が急激に高まったのだ。

中心的人物として扱うしかない。決定的な手掛かりは何もない状態のまま。

かなり悩み、揉めたが、結局この泊り込みに稜子を参加させる事になった。こうなった以上どこに居ても危険は同じだった。

そして何より、稜子自身が、参加を強く希望したのだ。

『――――先輩は見た目より、ずっと不安に思ってる』

話し合いの時、そう稜子は言った。

『放《ほ》っとけないよ』

亜紀には信じられない事だが、稜子はあの状態の歩由実から何かを感じ取って、自分の事のように案じていたのだ。結局、その本人の意思が決定的となって、この歩由実の監視計画はこの形になった。

「………ほんとに大丈夫……？　稜子ちゃん……」


台所から現れた歩由実が、稜子を心配する言葉を口にする。

本当に、今まで見て来た歩由実からは信じられない光景だ。本人は一体どういう意識でこうしているのだろうか。

「大丈夫ですって………やだな、先輩。そんな心配そうな顔しないで下さいよ」

稜子は明るく言って、疑惑を否定した。

見る限りでは、確かに今は大丈夫そうに見える。だがこちらも、歩由実と同じく、とても信じられない強がりだ。

後はしばらく、些細な雑談がいくつか交わされた。

見る限りでは普通の雑談。だが実際には危うい綱渡りで、平静を装っている亜紀の内心は冷や冷やだ。そんな裏の状況は何も知らず。女の子同士の他愛なく見えるお喋りを、水方はにこにこ笑って眺めている。

「……いやあ。しかし、やっぱり意外だなあ」

そのうち、水方が口を開いた。

「はい？　何がです？」

「木戸野さんや稜子ちゃんと、歩由実が友達だって事だよ」

「……」

突然の発言。怪しまれたのかと、亜紀はぎょっとした。

「歩由実はちっとも本を読まない子で、ろくに図書館にも来ないからねえ……接点があるとは思ってなかった」

「あー、なるほど」

そういう事か、と亜紀は胸をなで下ろす。怪しまれた訳では無いようだ。普通に考えればわざわざ娘の交友関係をここで怪しむ理由は無いと、頭では解っていても、やはり後ろめたい事情を隠してこんな場所にいる以上、過剰に反応して驚いてしまう。

自分の感情を隠すのが得意な亜紀だから、見た目だけでも平然としていられる。

稜子は疑いを向けられる可能性すら考えていないようだ。それならばその方がいい。変な態度になったりもしないし、変な罪悪感も持たなくて済む。

武巳が女の子でなくてよかった。

きっと動揺で妙な言動をするだろう。亜紀はこういう能力の面では、武巳を最も信用していないのだった。

「少しは二人を見習わせてやってくれない？　司書が父親なのに、娘がこれじゃ話が全然合わなくてね」

そんな亜紀の内心など知らず、水方は娘の愚痴を言う。

「……本の事しか話題が無い方が友達できないと思う」

歩由実がそう、控えめな口調だが、痛烈に反撃する。

「今のは割とグサッときたぞ……」

水方は大袈裟に顔を歪めてショックを受けた事を表現する。

「学者だったお祖父《じい》ちゃんも泣いてるぞー」

「またその話」

歩由実は嫌そうな顔をする。この家でのお説教の常套句《じょうとうく》のようだ。

亜紀は興味を覚え、訊いた。

「学者だったんですか？　お祖父さん」

「そうですよ」

水方は頷いた。

「僕の父、歩由実の祖父は、郷土史とかの研究家でね、五千冊ほどあった蔵書を死ぬ前に全部図書館に寄贈したんですよ。うちの学校の図書館に。知らなかったでしょ」

「へえ……」

「貴重な本も多いんだよ？　うちの図書館が有名なのは、歩由実のじいちゃんが一役買ってるわけ。ちょっとは自慢してもいいと思うんだけどねえ……」

言いながら水方は歩由実を見る。

文学少女である亜紀は素直に感心したが、歩由実は耳にタコができるほど聞かされて来た話のようで、そっぽを向く。水方はその態度を見て、肩を竦める。

「孫の歩由実はこんなだけど、祖父《じい》さんは学者肌でね。学問の人で、僕は尊敬してた。何て言うのかな、道を極めようとしてる——」

「求道者？」

「そうそう。そんな感じで、知識を極めようとしてたんだよ。口癖みたいに言ってたよ。『何かを極めるためには、人間の一生なんか全然足りない』って」

「凄い事を言いますね」

何かに邁進《まいしん》した人間だからこそ、そんな事を思えるのだろう。亜紀は正直、そんな生き方を羨ましく思う。果たして今の世の中で、そんな生き方ができるだろうか？　自分に、そんな生き方ができるだろうか？

脳裏をよぎったのは、よく知る黒ずくめの姿。

「……正直、羨ましいです」

亜紀は言う。

「はは、こんな事も言ってましたよ。『本を読むという事は、それを書いた筆者の全てを受け取る事だ。作品は、その筆者の全てが込められている』と」

「いい言葉ですね」

「読書家には沁みる言葉でしょう」

本当に尊敬しているのだろう、水方はちょっと誇らしげだ。偉い人物が身内にいる感覚とはどういうものだろうかと、亜紀はふと想像を巡らせた。

だが残念ながら、それは亜紀の想像の外だった。

仮に血縁が偉くても、亜紀は亜紀の地獄からは、生き残れなかったに違いない。

2

二階にある歩由実の部屋は、隣にある兄の部屋とほぼ同じ造りをしていた。

核家族で、しかも父子家庭で住むには家が広く、歩由実の部屋も結構広い造りだった。

和室を改造して洋室に変えたもののようで、収納の辺りに敷居《しきい》があったりと、ところどころに和室の作りが残っている。家系なのか、先に見た兄の部屋に似て家具類はシンプルで、机にベッド、そして簞笥《たんす》が主な調度だ。

教科書類は机の上にブックエンドで置かれて、本棚は無い。普通の棚はある。だが並んでいるのはＣＤ類と多少のコミック、後は寄せ書きの書かれたバレーボールや、シューズなどが棚の住人だった。

亜紀としては微妙に落ち着かない部屋だ。見慣れない部屋だという事もあるだろうが、あまりにも本のある風景に慣れ過ぎて、本当はあるべき物がないという違和感をどうにも感じてしまう。

これは一種の病気だろう。

ともあれ――

それは、見事な変わり身だった。

水方と別れて自室に引っ込んだ途端、歩由実の表情が、すとん、と影が落ちたように、暗いものへと落ち込んだのだ。

亜紀の目の前で起こった、一瞬の事だった。

父親の前で相当無理をして明るく振舞っていたらしい。ただでさえ少なかった口数が一気に減り、ドアを閉じると同時に、深い溜息を吐いた。

そのままベッドまで直行し、崩れるように座り込む。

「…………はあー」

布団に倒れ込み突っ伏す。大きく息を吐いて、静かになる。

深く、深くベッドに沈み込み、死んだように歩由実はそのまま動かなくなった。亜紀は驚きと共に、それを見下ろしていた。

「…………わ、大丈夫ですか？」

遅れて入って来た稜子が、驚いた声を上げた。

歩由実は死んだように動かない。

「先輩……？」

稜子は歩由実の肩を揺する。

そうしてようやく、歩由実は緩慢に顔を上げる。

放っておいてあげればいいのに、と亜紀などは思うが、心配の方法は人それぞれだ。亜紀は亜紀なりのやり方で、部屋の隅で腕を組み、静かに二人を見守っていた。過度にべたべたするのは、亜紀の趣味では無い。

何よりも稜子のように、そこまで心配する気になれない。

こういう分け隔ての無さは稜子の偉いところだと思うが、亜紀には危なっかしく見えて仕方が無い。稜子はどんな相手にも共感を起こせるようだが、相手によると思うのだ。亜紀にしてみれば歩由実は完全に共感の対象外だ。

「…………」

歩由実と稜子がベッドに、亜紀が机の椅子にそれぞれ座り、静かな時を少し過ごした。

単に話題が無いとも言う。

しばらくして、亜紀は切り出した。気になる事は、訊いておこうと思ったのだ。

「……先輩はいつも、あんな感じで？」

「…………」

答えは無かったが、歩由実の表情からすると意味が判っていないようだった。

「お父さんの前でですよ」

亜紀が重ねて言うと、歩由実は微かに考えて、頷いた。

「うん……」

「大変ですね」

「……お父さんに心配かけるわけ、いかないから」

初めてと言っていい、まともな返答だった。今までは空目のする事務的な質問にしか、歩由実はまともな答えを返していない。恐らく水方に心配をかけまいとする意志だけは、はっきり持っているのだろう。

「すみません。先輩に無理させてますね、私ら」

言うべき事は言っておく。

亜紀と稜子さえ居なければ、あんなに長く水方と一緒に居る事は無かったろう。

しかし、解決するまでは続けなければならない。

「もうしばらく、協力をお願いします」

亜紀はきっぱりと言う。壊れかけの人形のように、歩由実は頷いた。そして小さく言葉を口にした。

「私、迷惑かけてるね……」

「何の事です？」

亜紀は訝しげな顔をする。

「……あの背の高い子は、関わるのを嫌がってたでしょ？」

そう、歩由実。

「ああ、村神ですか」

ようやく亜紀は思い至る。

「確かにあいつはその通りですけど、気にしなくていいですよ。結局、私らは避けて通れないんです。こういう言い方は大っ嫌いですが、運命みたいなものなんですよ」

これは本心からの言葉だった。結局、これら全ては空目を中心にした運命の輪の一つでしかない。亜紀にはそんな気がしてならないのだ。

「そうですよ！」

稜子も言う。

「魔王様が何とかするって言ったんですから、絶対解決します」

必要以上に確信的だが、歩由実に余計な不安を与える必要も無いので黙っておく。毒舌は仕舞っておく。一応、歩由実には感謝している部分もあるのだ。歩由実のおかげで、亜紀はまた空目と同『異界』のフィールドに立てるのだから。

「気にする必要は無いです」

亜紀は断言しておいた。

だが、それでも歩由実の言葉は続いた。

「……稜子ちゃんにも」

「え？」

「私のせいで、近藤君と喧嘩《けんか》して……」

「あ……」

それを聞いて、稜子の表情が微かに強張る。

「は？　あんた近藤と喧嘩したの？」

初耳の亜紀は、驚くと言うより、呆れた。

「喧嘩するような状況になるんだ？　優柔不断の近藤と、他人主義の稜子が」

「…………うん」

表情を翳らせて、頷く。

「でもそこまで言う事はないと思う……」

そう言って、稜子は俯く。

「はあ。まあ珍しい事もあるもんだね」

頬杖を突く亜紀。あまり興味は無かったので、今しがたつい出てしまった毒舌っぽい感想以上には、無駄な事は言わなかった。下手に口を出して犬も食わない話など聞きたく無い。これならば亜紀にしてみれば完全な沈黙の方がいい。

「………」

歩由実は黙り、稜子は沈んだ。

望むところだったが、手持ち無沙汰になった。

机の上に、目を向ける。三年生の授業の教科書や、参考書が並んでいる。

亜紀はたまたま一番手元にあったノートを、ただ本の形をしているというそれだけの理由で手に取った。本の形をしていて、字が書いてあれば何でもいい、そんな乱読家な部分が亜紀には多分にある。

開く。世界史のノートだ。こんなのでも、読んでいれば落ち着く。兄譲りだろうか、思ったより綺麗で繊細な字が、バランス良くページに並んでいる。

しっかりと取られた、好感の持てるノートだ。

ぱらぱらと捲って、亜紀はそんな感想を持つ。

だが、

「………………ん？」


違和感。

その時、一瞬の違和感を、亜紀は感じた。

それは間違い探しのようなものだった。規則的な視覚情報の中に混じった、〝仲間外れ〟を一瞬で感知する人間の能力。

「…………」

ぱらぱらと捲ったノートの中にある不協和音に、亜紀は気付いた。

そしてその正体を探るため、もう一度ゆっくりと、ページを遡る。

一枚。

二枚。

そうして見るうちに、すぐに違和感の原因に行き当たった。それは均等に並んでいた文字の中に、歪んだ個性を主張して、紛れ込んでいた。

「……」

亜紀は何も言わず、ポケットから紙片を取り出す。

それは今朝に空目が見付けた、魔道書の中に挟まっていた紙片だった。


——末ノ子コソ人ノ子ニシテ神ノ子ニシテ魔ノ子。

二人ノ兄ヲ神ヘト捧ゲテ末ノ子ニ神ヲ孕マセルベシ。


その奇怪な文の書かれた紙片を、亜紀はノートのページへと並べて置いた。

鳥肌が立つ。

完全に、同じ文字。

ページの中に並んでいる文字が、所々突如として歪み、その歪んだ文字が当然のように板書を続けているのだ。授業中に急に別の人間に、変わったかのように。

亜紀は、俯く歩由実を見た。

紙片と全く同じ、眩暈を起こしそうな癖字で書かれた、ノートの一角を見た。

『夢遊病のような事が時々あるような事も……』

歩由実の言っていた昨日の言葉を、亜紀はありありと思い出した。

亜紀は黙ってノートを戻した。

「……ちょっと恭の字に電話して来るよ」

亜紀は携帯を取り出し、何食わぬ顔で立ち上がった。

そして部屋を出て、二人に気取られないほど離れてから、初めてやや強張った顔をして、電話のアイコンを押した。

3

…………

しん、

と無音の闇が、歩由実の部屋に広がっていた。

あまりに静かで暗い闇が、幾重にも、幾重にも、周りを取り囲んでいた。

闇は部屋の中に、そして窓の外に、ひしひしと満ちていた。闇は外に恐るべき密度で溢《あふ》れ、染み込むように部屋へと侵入して、広がっていた。

部屋に、うっすらと夜が染み込み続ける。

そのあまりに静かな羽間の夜が、じわじわと歩由実の意識を蝕《むしば》んで行く。

あまりにも、静か過ぎる。その虫の声ひとつしない、病的なほど静かな夜が、ひしひしと世界を埋め尽くしている。


……夜が、また来た。


そんな中、歩由実はベッドから身を起こしたまま、ずっと闇の中で目を見開いていた。

無音の夜だ。

その中で、歩由実は自分の手の甲に目を落とし、じっ、とそれだけを凝視している。


──午前二時。


デジタル時計が、緑に光る。

密度の濃い闇の中、歩由実はじっと起きている。目を見開き、どこにも視線をやる事なく、ただ闇の中で歩由実は耐えている。

眠れば、夢を見る。

しかし視線を闇に向ければ、悪夢はそこへやって来る。

歩由実は逃げ場の無い恐怖と、毎夜こうして戦っていた。眠らず、何も見ず、そうする事でしか、あの〝首吊り〟から逃れる術は無かった。

孤独な戦いだった。

そして勝ち目の無い、戦いだった。

しかし抵抗を止めれば、自分も兄のようになると判っていた。

誰にも頼れない戦いを続けるしか、もう歩由実に道は残されていなかった。

闇と睡魔が、歩由実を蝕む。

睡魔が意思を奪い、闇が手招きする。

静寂。

ただ聞こえるのは、呼吸の音だけだ。

自分の呼吸の音。

そして隣の、二人分の寝息。

部屋の床に、二組の布団を持ち込んでいた。

亜紀と稜子が、そこに眠っていた。

本当なら来客があれば、一階の座敷《ざしき》に布団を敷く。しかし今日は強いて、狭い中に三人分の寝るスペースを確保している。修学旅行気分だと父は解釈していたが、そんな気楽な理由では無かった。一階には水方の寝室もあり、もしも夜中に何かが起こった時に、気付かれる恐れがあったからだ。

悟られる訳にはいかなかった。

何が起こっても、父には知られる訳にはいかなかった。

歩由実は目を見開く。

暗い部屋で、ひとり歩由実は目を開けている。

静かに、静かに、歩由実は戦っている。透明で静謐《せいひつ》な闇が、うっすらと、部屋全体を覆っている。

「…………」

暗闇の中、自分の手の甲が白く浮かんでいた。

シーツをぎゅっと握り締め、それは微かに、震えていた。

――――ぎい、

耳元で音がする。
首吊りの紐が、軋る音だ。
真夜中の、自分の部屋の、その闇の中に、確かに、聞こえる。

——ぎい、

聞こえる。
首吊りの、音が。
がちがちと自分の歯が鳴る音が、頭蓋の中に振動する。
全身が、震えている。
視線が、動かせない。
視線を向ければ、きっとある。
きっと部屋の中央で、男が首を吊っている。

——ぎい、
ぎい……

揺れる音。
首吊り死体が、揺れる音。
視界の端、じっと手の甲を見詰めるその視界の端に、影が何度も掠めてよぎる。
微かに見える床、そこに敷かれた布団の上を、影が何度も往復している。
ベッドの横で、揺れている。
首吊り死体が、揺れている。
それでも、誰も目を覚まさない。
自分以外に、誰にも、見えない。

——ぎい、
　ぎい、

がちがち、
がちがち……
闇の中で、歩由実は震えていた。
ただひたすらに、為《な》す術《すべ》もなく、傍に首吊り死体の存在を感じながら、歩由実は震えるしか無かった。

——ぎい、
ぎい、
おいで……
おいで…………
——ぎい、
おいで、
おいで……
こっちに…………

……………

…………………………

＊

「――――嫌あっ！」

「！」

その突然聞こえた叫び声に、亜紀は反射的に布団から跳ね起きた。

「な……！」

「いやあああああああ――――っ！」

部屋の闇に響き渡る、恐怖の叫び。

慌てて見たベッドの上では、歩由実が全身を突っ張らせ、大きく口を開けて絶叫していた。全身を痙攣させ、口腔《こうこう》から悲鳴が溢《あふ》れ出《だ》す。その悪魔憑きのごとき凄まじい形相に、亜紀の全身に鳥肌が立った。

戦慄した。

これほどのものとは、正直予想もしていなかった。

歩由実の肩を摑んで揺するが、その体は木のように硬直していた。そしてコンクリートのように冷え切っていた。

「先輩っ！」

稜子が目を覚まし、悲鳴を上げた。

「稜子！ 電気つけて！」

パニックの稜子では何をするか判らないので、亜紀は鋭く指示を飛ばした。

「あ……あわ、わかった！」

震える手で、稜子が宙を探って電灯の紐を引く。蛍光灯の光が目を焼く。しかし明かりが点いても、依然歩由実は目を覚ます事は無く、全身を棒のように硬直させ、手足の指の先までを反り返るほどに伸ばしていた。

「…………!!」

目を見開き、全身が痙攣している。

ベッドに埋まるほど頭を反らせ、顎が外れるほど口を開けている。

口の端が今にも千切れそうに引き伸ばされ、そのいっぱいに広げられた口から止めどもなく悲鳴が溢れ出している。大きく開けられた口の、その喉の、奥の奥から、絶叫は撒《ま》き散《ち》らされている。

恐怖の叫びが、後から後から噴き出している。

「先輩……先輩！」

摑んで揺さぶる歩由実の腕は、硬くて冷たい肉の手触り。

死後硬直後の死体を思わせて、亜紀の額に冷たい汗が浮かぶ。

「きゃあああああああああああああああっ！」

続く絶叫。

「先輩っ！」

稜子が歩由実の脚に取《と》り縋《すが》る。

「……っ！」

このままでは埒《らち》が明かない。いつ、このまま歩由実が死んでも少しもおかしくない。

そう思って焦った亜紀は、歩由実の喉に指を突っ込んだ。だが、それは別に、確かな理由があっての事では無かった。

歩由実の全身は激しく硬直していて、そこ以外は何も通じそうに無かったからだ。ぐにゃりとしたゴムのような手応えが、指先を押し返した。

「げえっ！」

瞬間、歩由実は胃から空気の塊を吐き出すような声を上げて、同時に反り返っていた全身が弛緩《しかん》した。

「……げっ、げほっ！」

咳《せ》き込《こ》む歩由実を厳しい目で見下ろし、亜紀は静かに脇に立った。

「あ、亜紀ちゃん……」

信じられないものを見る目で、稜子が亜紀を見る。

それを無視して、亜紀は黙って歩由実が落ち着くのを待つ。

「……あ……」

やがて歩由実は、口を押さえて亜紀を見上げた。

「大丈夫ですか？」

荒い呼吸を抑え付けたような深い息をしながら、仁王立ちで歩由実を見下ろして、亜紀は問いかけた。

「……私……………？」

呆然とする歩由実。

「……自分がどうなってたか、判ります？」

「………」

歩由実は答えない。自分が悲鳴を上げていた事など、全く憶えていないようだった。だが正気には返ったようで、亜紀は安堵《あんど》した。

「何があったんです？」

「………私………寝てた……？」

呟く、歩由実。

「はい」

「…………じゃあ……夢だったんだ……」

「……夢？」

「喉が痛い……寝言とか言ってたんじゃ……？」

夢？　寝言？　あれが？

ならもしかすると歩由実はずっと、毎夜、悪夢を見るたびに、あれを繰り返していたという事だろうか？

しん、

と異様な静寂が、気付けば部屋を包み込んでいた。

今までの叫びも、混乱も、全てが沈黙の闇に呑み尽くされていた。

あれほどの騒ぎがありながら、水方が起きて来る気配も無かった。

ただ、何もかもを無に還すかのような静寂が、この家を、この部屋を、周囲の世界から隔離していた。

異常だった。

明らかに異常な出来事だった。

だが、見えるものだけでなく、何か見えない異常も、亜紀は肌と直感で感じていた。

何かがおかしかった。亜紀はそんな言い知れぬ不安を、窓一つ向こうの夜に対して、密《ひそ》かに感じていた。

…………

……………………

間章　首吊りの木の枝葉の下に

——午前二時
都内某所

＊

「…………」

都会の無機質な夜闇の中、廃ビルと見紛《みまが》うばかりに汚れた古いオフィスビルの前に、芳賀は現れた。本人の服装と同じく黒一色の車。乗り付けられたその車のドアを開けて路上に降り立ち、サングラスをかけた目で、目の前の雑居ビルを見上げた。

すでに近くの路肩に停《と》められていた、全く同じ外観の黒い乗用車から、別の〝黒服〟がドアを開けて姿を現した。

大柄の男だ。年齢は不詳。芳賀よりは若い事だけが、辛うじて判る。

「お待ちしていました」

「ご苦労様です」

芳賀と〝黒服〟は、挨拶を交わす。

「状況は？」

並んで足早にビルへ入りながら状況を聞く。ここの三階にはようやく発見した、あの『奈良梨取考』を出版した疑いのある、自費出版専門の出版社がある。

すでに踏み込む準備はできていた。

周囲には何台もの黒い車が配置されている。

付近の道路は工事を装って封鎖されている。

ビルの所有者は押さえているので、入口はフリーパスになっている。

『新創造出版』

それが出版社の名前だった。

社名の書かれているプレートを確認し、薄汚れた階段を上る。

見れば内装塗料が剝がれ、壁がボロボロになっている。明らかに建物全体が老朽化し、格安の家賃が想像できる。

「状況ですが、午前十一時から監視していますが全く人の出入りがありません」

階段を上りながら、〝黒服〟が小声で言った。

「全くですか？」

「はい、全くです」

今は夜中だ。抑えた声だが、静かな建物内には過剰に響く。

だが二人とも、階段を上るのに、足音一つ立てていない。二人の後ろに、さらに外から何人かの〝黒服〟が続いたが、ただ一人の足音も聞こえない。

先頭を行く〝黒服〟と芳賀の、小さな話し声だけがする。

「郵便物が溜まっていました」

「そうですねえ……本当に出入りもゼロだったんですね？　会社なのに」

この日は平日だ。

「はい。電話も出ませんでした」

「逃げられた？　まさか」

「ペーパーカンパニーでは？」

「調査には営業実態のある会社とあったでしょう」

芳賀は首を横に振る。

社員は社長以下十名。『奈良梨取考』に関する疑惑を除いては、至極まっとうな会社だ。

この会社が『奈良梨取考』を三百部作った事は、印刷会社などの調査で判っている。時期は八年前。著者の大迫栄一郎本人の――――死後だ。

筆者では無い人物が、『奈良梨取考』を作った事になる。

それの調査など含めて、芳賀はここまでやって来ている。調べた限りでは『奈良梨取考』は公には一冊も出回っていないばかりか、誰がこの自費出版を依頼したのかも全く判っていない状況だ。ここで何も見付からなかった、さらには〝逃げられた〟などとなれば、また調査が振り出しに戻る。さらに言えば『メン・イン・ブラック』たる〝機関〟の手を逃れるのは、文字通り普通の事では無い。

「異常事態もあり得るのでは？」

オフィスの入口に立ち、〝黒服〟が言う。

「可能性は」

芳賀は答える。

「入った途端、〝異存在〟のせいで発狂した人間に襲われる事もあります。くれぐれも油断しないように」

「はっ」

応答する〝黒服〟を待機させ、芳賀はドアに鍵を差し込む。

そして一度目配せをすると、ほとんど音も立てずに鍵を回し、素早くドアを開けてオフィスへと踏み込んだ。

「…………」

オフィスの中は、暗闇だった。

「見えますか?」

「いえ」

確かに今は夜中ではある。だがこの暗さは異常だ。窓に目張りでもしているのか、外の微かな明かりすらも入って来ていなかった。足元も危ない。芳賀は慎重に壁伝いに移動するが、その足がずっと、紙屑《かみくず》のようなものを踏み付けている。

「…………」

足で床を探ると、それは床中に撒き散らされているようだった。

くしゃくしゃにした大量の紙が、どっさり床に撒《ま》かれているようだ。

人の気配は無い。

「明かりを点けますか」

「許可します」

「了解」

ぱちん、と音がして、オフィスに蛍光灯が瞬く。

「!!」

瞬間、〝黒服〟が絶句した。


明かりの点いた狭いオフィスには――――

社長以下十名の社員の首吊り死体が、まるで解体したての食肉の倉庫のように、ぎっしりと、天井からぶら下がっていたのだった。


都市伝説である筈の〝黒服〟が、思わず息を呑んだ。

何から何まで異常な光景だった。小規模出版社の雑然としたオフィスには、シュレッダーにかけられた書類と思しき大量の紙屑が、床にも机にも一面に撒き散らされて、分厚く無作為に堆積していた。

大量の死体が天井から吊《つ》り下《さ》がっている、閉鎖されたオフィスに。

それはあたかもこのオフィスが本当に食肉冷凍庫で、大量の霜が降りているような、何ともグロテスクな想像を呼び起こさせた。

「……状況を」

「は……はい！」

呆然としていた〝黒服〟が我に返って、耳に装着された小さな機器に触れ、通信らしきものを行う。後からオフィスに入って来た数人の〝黒服〟も、この異常事態を見て一瞬だが立ち止まり、そして手分けしてまずは撮影を始める。

一人が芳賀に話しかける。

「これは一体……？」

「判りません。そして知る必要はありません」

芳賀は低い声で答える。

「応援を待ちます。その間に可能な限りの捜索を」

「はっ」

芳賀の命令に〝黒服〟が離れる。そして他の〝黒服〟が始めていた、この異常な現場を撮影する作業に加わる。

と、

――――――――――――――――!!

瞬間、部屋中に大音響が鳴り響いた。

突然、オフィスにあった数台の電話機が、一斉に鳴り出したのだ。

「…………！」

空気が緊張した。

芳賀が、〝黒服〟が、動きを止めた。

大量の死体のぶら下がる中で、無機質に鳴り続ける電話。

狂ったように叫ぶ電子機械を、息を止めて見詰める。

「…………」

誰かが息を呑む。

しばらくして、芳賀が受話器を取ろうと手を伸ばす。しかし受話器に触れるその瞬間に、音は途切れた。

切れるような冷たい静寂が再び空間を支配した。

そして一瞬の後に、ＦＡＸが作動した。


ぶぶ……ぶぶぶぶぶ……


古いＦＡＸが、ガリガリと耳障りな音を立てて、紙を吐き出し始めた。

歪んだ感熱紙が、のろのろと機械から出て来た。そこには一瞬何語か判別が付かない、奇怪な文字が書かれていた。よく見ると、それはひどい癖字の日本語だった。

『――――〝大迫栄一郎〟ハ何者ニモ殺サレナイ――――』

そのＦＡＸには歪んだ癖字で、そう書かれていた。
それは凹面鏡にでも映したかのようなひどく特徴的な歪み方をし、長く見ているだけで眩暈を起こしそうな、奇怪極まる書体だった。

――――ぎい、

と周囲にぶら下がる、首吊り死体の紐が軋む音がした。
もの言わぬ、しかし雄弁に何かを語る死体に囲まれ、〝黒服〟達はただ無言で、そこに立ち尽くしていた。

<初出>

本書は2002年１月、電撃文庫より刊行された『Missing 3　首くくりの物語』を加筆・修正したものです。

メディアワークス文庫

Missing《ミッシング》3

首《くび》くくりの物語《ものがたり》〈上《じょう》〉

甲田学人《こうだがくと》

2020年11月25日　初版発行
2024年12月10日　再版発行

発行者　山下直久
発行　株式会社**KADOKAWA**
〒102 - 8177　東京都千代田区富士見2 - 13 - 3
0570-002-301（ナビダイヤル）
装丁者　渡辺宏一（有限会社ニイナナニイゴオ）
印刷　株式会社KADOKAWA
製本　株式会社KADOKAWA

●お問い合わせ
https://www.kadokawa.co.jp/（「お問い合わせ」へお進みください）
※内容によっては、お答えできない場合があります。
※サポートは日本国内のみとさせていただきます。
※Japanese text only

※定価はカバーに表示してあります。

Printed in Japan
ISBN978-4-04-913460-5 C0193

メディアワークス文庫　https://mwbunko.com/

本書に対するご意見、ご感想をお寄せください。

あて先
〒102-8177　東京都千代田区富士見2-13-3
メディアワークス文庫編集部
「甲田学人先生」係

恋に至る病

斜線堂有紀

僕の恋人は、自ら手を下さず150人以上を自殺へ導いた殺人犯でした――。

　やがて150人以上の被害者を出し、日本中を震撼させる自殺教唆ゲーム『青い蝶』。

　その主催者は誰からも好かれる女子高生・寄河景だった。

　善良だったはずの彼女がいかにして化物へと姿を変えたのか――幼なじみの少年・宮嶺は、運命を狂わせた“最初の殺人”を回想し始める。

「世界が君を赦さなくても、僕だけは君の味方だから」

　変わりゆく彼女に気づきながら、愛することをやめられなかった彼が辿り着く地獄とは？

　斜線堂有紀が、暴走する愛と連鎖する悲劇を描く衝撃作！

メディアワークス文庫